Bianca

INOCENTE BELLEZA
Clare Connelly

HARLEQUIN™

Editado por Harlequin Ibérica.
Una división de HarperCollins Ibérica, S.A.
Núñez de Balboa, 56
28001 Madrid

© 2018 Clare Connelly
© 2019 Harlequin Ibérica, una división de HarperCollins Ibérica, S.A.
Inocente belleza, n.º 2746 - 11.12.19
Título original: Bound by Their Christmas Baby
Publicada originalmente por Harlequin Enterprises, Ltd.

I.S.B.N.: 978-84-1328-603-7
Depósito legal: M-32665-2019
Impreso en España por: BLACK PRINT
Fecha impresion para Argentina: 8.6.20
Distribuidor exclusivo para España: LOGISTA
Distribuidor para México: Distibuidora Intermex, S.A. de C.V.
Distribuidores para Argentina: Interior, DGP, S.A. Alvarado 2118.
Cap. Fed./Buenos Aires y Gran Buenos Aires, VACCARO HNOS.

Capítulo 1

GABE estaba aburrido. Siempre le ocurría en aquel tipo de eventos, pero formaban parte de su vida. De su trabajo. De su ser. Y nunca había sido de los que le daban la espalda a un reto.

Sabía que Noah, su socio y mejor amigo, no iba a asistir a la cena organizada por un inversor. Habría ido si hubiese sido una fiesta, pero a las cenas iba solo Gabe. Este miró a su alrededor con una sonrisa en los labios y se preguntó cuánto tiempo más tendría que aguantar antes de poder excusarse y marcharse de allí.

Se le ocurrían miles de maneras mejores de pasar una velada.

La última vez que había estado en Nueva York, un año antes, había sido un desastre, por eso había evitado volver. Las navidades eran unas fechas demasiado melancólicas, en las que siempre se sentía solo, por eso había caído en la trampa.

—Calypso va a cambiar las reglas del juego —le dijo Bertram Fines con seguridad—. Lo habéis vuelto a hacer.

Gabe hizo como si no lo hubiese oído. Todo el mundo lo adulaba desde que Noah y él habían conseguido que su empresa de tecnología se posicio-

nase en el número uno mundial. No obstante, durante los primeros años no habían tenido amigos, ni
fondos, y habían tenido que contentarse con su trabajo y determinación. Tomó su copa, que estaba
vacía. Levantó una mano para llamar al camarero
sin mirarlo.

—Es la culminación de muchas innovaciones y
de todavía más investigación. Calypso no es solo
un teléfono inteligente, es un modo de vida —comentó, encogiéndose de hombros.

Era la cúspide de una idea que Noah y él habían
tenido muchos años atrás, en la que habían trabajado de manera incansable hasta llegar a aquel
punto. Casi estaba en el mercado y era mucho más
que un teléfono inteligente. Porque, además de inteligente, era seguro y garantizaba la privacidad.

Se puso recto y sintió un escalofrío al recordar
cómo, un año antes, su proyecto había estado a
punto de fracasar. Calypso había estado a punto de
caer en manos de la competencia.

Pero no lo había hecho. Le brillaron los ojos,
todavía estaba resentido, no lo podía olvidar.

—¿En qué puedo ayudarlo, señor? —preguntó la
mujer que acababa de aparecer a su izquierda.

Era esbelta, pelirroja y le estaba sonriendo. En
otra época, Gaby le habría devuelto la sonrisa y, tal
vez, habría hecho algo más, le habría preguntado a
qué hora terminaba de trabajar y la habría seducido.
La habría invitado a tomar una copa y se la habría
llevado a dar una vuelta en limusina antes de invi-
tarla a su habitación de hotel.

Pero la última vez que había hecho aquello, ha-

bía aprendido la lección. Jamás volvería a invitar a
un lobo con piel de cordero a su cama. Antes de conocer a Abigail Howard, Gabe no habría concebido
la idea de pasar un mes sin la compañía de una bella
mujer entre sus sábanas, pero de aquello ya hacía
un año. Un año en el que no había estado con ninguna mujer.

Pidió una botella de vino en concreto, una de las
más caras de la carta, sin sonreír, y volvió a centrar su
atención en la mesa. Estaban hablando del precio de
una propiedad inmobiliaria. Fingió que escuchaba.

El restaurante se estaba quedando vacío. A pesar
de que era uno de los más antiguos y prestigiosos de
Manhattan, era tarde, casi medianoche, y la clientela
conservadora que lo frecuentaba estaba comen-
zando a retirarse.

Gabe recorrió la sala con la mirada. Había lám-
paras de araña, cortinas de terciopelo color granate
adornando las ventanas, y la carta y los vinos eran
exquisitos.

La camarera se acercó con el vino y él le hizo un
gesto para que sirviese a sus acompañantes. Él be-
bía poco, y no iba a empezar a hacerlo con personas
a las que no conocía bien. También había aprendido
lo importante que era la discreción un año antes. O
no, en realidad, lo había sabido siempre, pero ella
había conseguido que lo olvidase.

Volvió a mirar a su alrededor, en esa ocasión
hacia las cocinas, que estaban detrás de unas puertas blancas que se movían en silencio con el ir y el
venir de los camareros. Sabía que detrás de aquellas puertas la actividad sería frenética, a pesar de la

tranquilidad del salón. Las puertas se abrieron de nuevo y Gabe creyó verla allí.

Una melena rubia, una figura menuda, de piel clara.

Agarró su copa de vino vacía, tenso de repente, alerta.

Pero no podía ser ella.

¿En la cocina? ¿Con un paño en la mano?

No era posible.

Intentó concentrarse de nuevo en la conversación que había en la mesa, rio, asintió, pero volvió a mirar hacia la puerta para ver si su fantasma de las navidades anteriores seguía allí.

No era un hombre que dejase las cosas al azar. No estaba dispuesto a que la vida lo sorprendiese.

No obstante, ella lo había sorprendido aquella noche.

Había entrado en el bar de su hotel de Manhattan y sus miradas se habían cruzado al instante. Él había contenido la respiración, había deseado escuchar su voz y averiguarlo todo de ella al instante.

Se había vuelto loco aquella noche.

No obstante, su encuentro no había sido una casualidad, había estado meticulosamente planeado. Se obligó a prestar atención a sus acompañantes, pero su mente volvía una y otra vez a aquella noche, una noche en la que siempre intentaba no pensar, pero que jamás olvidaría. No porque hubiese sido maravillosa, aunque lo hubiese sido, sino por la lección que había aprendido.

Había aprendido a no confiar en nadie. Salvo en Noah. Estaba solo en el mundo y prefería estar así.

No obstante, no pudo quitarse de la cabeza a Abby y, cuando todo el mundo se fue despidiendo, él llamó al maître.

—¿Ha disfrutado de la velada, señor Arantini? —le preguntó el otro hombre inclinándose ante él.

Gabe, que había crecido en la pobreza, llevaba siendo rico el tiempo suficiente para haberse acostumbrado a aquellos gestos, que le resultaban divertidos.

No respondió a la pregunta. No era necesario. Si la velada no hubiese sido de su agrado, el maître ya lo habría sabido a esas alturas.

—Me gustaría hablar con Rémy —pidió en voz baja.

—¿Con el chef?

Gabe arqueó una ceja.

—¿Acaso hay más de un Rémy trabajando aquí esta noche?

El maître rio suavemente.

—No, señor, solo hay uno.

—En ese caso, entraré a verlo a la cocina.

Se puso en pie y se dirigió hacia las puertas blancas sin esperar a que el maître le respondiera.

Al llegar a ellas dudó un instante y se preparó para la posibilidad de encontrarse con ella una vez más. O de no encontrársela, que era lo más probable.

Se dijo que, si quería volver a ver a Abigail Howard, podía hacerlo. Ella lo había llamado muchas veces, desesperada por disculparse, por verlo, por hacer las paces, pero él jamás perdonaría su traición. Le había dejado muy claro lo que pensaba cuando

Abby se había presentado en su despacho de Roma, pidiendo verlo.

De aquello habían pasado seis meses. Seis meses desde que había afirmado ser inocente de haber echado un vistazo a los archivos del proyecto Calypso para después llevar la información a su padre.

Y Gaby se había sentido muy bien al ver cómo su equipo de seguridad la echaba de sus oficinas. Abby había ido a Roma a verlo y él le había dejado claro que no quería saber nada de ella.

Entonces, ¿qué hacía queriendo entrar en la cocina de un restaurante porque había creído verla allí? ¿Y cómo era posible que la hubiese reconocido si solo había visto aquella figura rubia un instante? No era posible, se dijo, al tiempo que se sentía seguro de que era ella por la gracia de sus movimientos, la elegancia de su cuello y el brillo de su melena rubia.

Estupendo.

Estaba empezando a ponerse poético con una mujer cuyo único objetivo había sido arruinarlo.

Enderezó los hombros y empujó las puertas. La cocina estaba más tranquila de lo que él había imaginado. Ya la habían recogido y se estaban preparando para el servicio del día siguiente. Él la recorrió con la mirada y entonces se le hizo un nudo en el estómago.

No estaba allí. Solo había hombres, cosa que él jamás habría permitido en uno de sus hoteles o restaurantes, en los que siempre se exigía que hubiese paridad.

–Rémy –dijo, atravesando la cocina.

–¡Ah! ¡Arantini! –dijo el chef sonriendo–. ¿Le ha gustado la cena?

–Exquisita –respondió él.

–¿Ha tomado la cigala?

–Por supuesto.

Entonces se abrió la cámara frigorífica y salió ella. Tenía la cabeza agachada, pero Gabe habría reconocido aquel cuerpo en cualquier parte, vestido de cualquier modo.

Un año antes, de manera elegante y, en esos momentos, con unos sencillos vaqueros negros, camiseta también negra y un delantal blanco y negro atado a la delgada cintura. Llevaba el pelo recogido en un moño e iba sin maquillar.

A Gabe se le hizo un nudo en el estómago.

Aquella mujer había estado en su cama y no solo por Calypso, sino porque lo había deseado a él. Le había entregado su virginidad, le había rogado que la hiciese suya, y él la había tomado como un regalo. Había sido un momento bonito, especial.

La vio dejar las cajas que llevaba en las manos encima de un banco y mirar el reloj que había encima de las puertas. No lo había visto y Gabe se alegró. Se alegró de poder observarla sin que se diese cuenta, de poder recordar todos los motivos por los que la odiaba, de tener tiempo de recuperar la compostura antes de demostrarle lo que pensaba de ella.

Cuando había hecho que la echasen de sus oficinas en Roma, se había dicho que era lo mejor, que no quería volver a verla, pero allí, en aquel restaurante de Manhattan, Gabe tuvo que reconocer que se había mentido a sí mismo.

Quería volver a verla una y otra vez, pero sabía que solo podría disfrutar de aquel momento de debilidad antes de obligarse a recordar que Abby había querido arruinarlo.

Para él, Bright Spark Inc. no era solo un negocio. Era su vida y la de Noah. Los había salvado cuando habían tenido que empezar de cero.

Y ella había querido destrozarlo. Se había acercado a él para averiguar los secretos de Calypso.

—Rémy —le dijo en voz suficientemente alta para que ella lo oyera.

Y tuvo la satisfacción de verla girar la cabeza hacia él y abrir los ojos verdes con sorpresa, palidecer y apoyar ambas manos en la encimera.

—Tienes a un traidor en tu equipo.

Rémy frunció el ceño.

—¿Un traidor?

—Sí.

Gabe atravesó la habitación para acercarse a donde estaba ella, que temblaba ligeramente, con gesto de terror. Él la miró de manera fría y despectiva. Nadie en aquella cocina habría adivinado el calor que sentía por dentro.

—¿De qué está hablando?

—Esta mujer —continuó Gabe con determinación—, no es quien tú piensas.

La miró de arriba abajo antes de continuar.

—Es una mentirosa. Estoy seguro de que está aquí para obtener información de tus clientes. Si quieres mantener tu reputación, deberías despedirla.

Rémy se acercó a Gabe, su gesto era de confusión.

—Abby lleva trabajando aquí más de un mes.

—Abby… —repitió Gabe, arqueando una ceja, en tono burlón—. A mí me parece que Abby se está riendo de ti.

La mujer tragó saliva, se humedeció los labios.

—Eso no es verdad, lo prometo —dijo, levantando las manos temblorosas para tocarse las sienes.

Gabe pensó que parecía muy cansada, como si hubiese estado de pie todo el día.

—¿Lo prometes? —le preguntó, acercándose más—. ¿Quieres decir que das tu palabra de que estás diciendo la verdad?

Su tono era sarcástico.

—Por favor, no haga eso —le dijo ella en voz baja.

Parecía tan angustiada que el propio Gabe estuvo a punto de creerla. La habría creído si no hubiese sabido de lo que era realmente capaz.

—¿Sabes que esta mujer vale mil millones de dólares, Rémy? ¿Y qué tú la tienes entrando y saliendo de la cámara frigorífica?

Rémy lo miró con sorpresa.

—Me temo que se equivoca con Abby —respondió, sacudiendo la cabeza y tomando el bolígrafo que llevaba detrás de la oreja.

—La conozco muy bien —dijo Gabe—. Y te aseguro que no quieres tenerla aquí.

—¿Abby? —preguntó Rémy—. ¿Me puedes explicar qué está pasando aquí?

Ella separó los labios para hablar y después volvió a apretarlos.

–¿Conoces al señor Arantini? –insistió Rémy.

Ella miró a Gabe, que la recordó sentada sobre su regazo, mirándolo a los ojos mientras él la penetraba. No quería recordar aquello, solo debía pensar en cómo había terminado, con ella fotografiando documentos de su despacho.

Apretó la mandíbula y se inclinó hacia delante.

–Cuéntale cómo nos conocimos, Abigail –le sugirió, sonriendo con frialdad, como si estuviese disfrutando del momento, aunque no fuese así.

Ella cerró los ojos un instante.

–Eso no importa –murmuró–. Forma parte del pasado.

–Ojalá fuese así –le dijo él–, pero estás en la cocina de mi amigo y, conociéndote como te conozco, no puedo evitar pensar que tienes algún interés oculto.

–Necesitaba un trabajo –respondió ella–. Nada más.

–Sí, por supuesto –rio Gabe con amargura–. Es muy duro vivir de un fondo fiduciario, ¿verdad?

Ella miró a Rémy.

–Conozco a este hombre, es cierto, pero eso no tiene nada que ver con el motivo por el que estoy aquí. Me postulé para este trabajo porque quería trabajar con usted. Porque quería trabajar. Y lo estoy haciendo bien, ¿verdad?

Rémy inclinó la cabeza.

–Sí –admitió–, pero yo confío en el señor Arantini. Nos conocemos desde hace mucho tiempo. Y si él dice que no deberías estar trabajando aquí, que no debo confiar en ti…

Abby se quedó paralizada.

—Puede confiar en mí.

—Seguro que sí —intervino Gabe.

—Señor Valiron, le prometo que el único motivo por el que estoy aquí es que necesito un trabajo.

—¿Que necesita un trabajo? Otra mentira —dijo Gabe.

—No sé de qué está hablando —replicó ella, fulminándolo con la mirada.

A él le sorprendió que se mostrase tan enfadada.

—Sabes muy bien por qué lo digo, y tienes suerte de que no te denunciara.

Ella tomó aire.

—Señor Arantini —le dijo—. He cambiado desde que... nos conocimos. Y es evidente que usted también.

Parpadeó y Gabe tuvo la sensación de que iba a llorar.

Pensó que nunca había hecho llorar a una mujer.

Incluso aquella noche, cuando la había acusado, Abby se había mostrado dolida, pero no había llorado. Había admitido que su padre le había pedido que encontrase la manera de conocerlo y de averiguar todo lo que pudiese sobre Calypso, y después se había disculpado y se había marchado.

—No le estoy pidiendo que me perdone por lo que ocurrió aquella noche.

—Bien —le dijo él.

—Pero, por favor, no me arruine la vida.

Se giró de nuevo hacia Rémy.

—No le estoy mintiendo, *monsieur*. Necesito este trabajo. No voy a hacer nada que pueda perjudicarlo.

Rémy frunció el ceño.

—Quiero creerte, Abby…

Gabe se giró lentamente hacia su amigo y le dijo en tono frío:

—Confiar en esta mujer sería un error.

Abby se sentía aturdida. Y no tenía nada que ver con la nieve que cubría las calles de Nueva York, convirtiendo la ciudad en un precioso paisaje invernal, ni con haber olvidado el abrigo en el restaurante, y las propinas, por haber salido demasiado deprisa de él.

Juró entre dientes mientas las lágrimas corrían por sus mejillas. ¿Cómo era posible que Gabe Arantini hubiese entrado en la cocina del restaurante en el que trabajaba? ¿Y que fuese tan amigo del dueño como para convencerlo de que debía despedirla?

Se le escapó un sollozo y dejó de andar. Se detuvo y se apoyó en la pared para intentar recuperar las fuerzas.

No había pensado que volvería a verlo. Había intentado hablar con él porque había querido hacer las cosas bien, pero ese momento había pasado.

Otro sollozo escapó de sus labios al pensar que Gabe la odiaba.

Siempre lo había sabido, pero al verlo tan enfadado sintió miedo, se preguntó qué debía hacer.

¿Cuándo habría llegado Gabe a Nueva York? ¿Llevaría allí mucho tiempo? ¿Habría pensado en ella?

Tenía que volver a verlo, pero ¿cómo? Había intentado llamarlo muchas veces. Le había escrito por correo electrónico, pero le habían devuelto sus mensajes. Incluso había volado a Roma, pero la habían echado de sus oficinas.

¿Qué podía hacer?

En realidad, era un cretino y no merecía saber la verdad, pero Abby sabía que tenía que contársela por su bebé, por Raf.

Se le encogió el corazón al pensar en la vida que le estaba dando a su hijo. Vivían en un piso minúsculo, tenían dificultades para llegar a fin de mes y ella trabajaba tanto que casi no podía estar con su hijo, que estaba al cuidado de una vecina. Todo era un desastre y Raf se merecía mucho más.

Así que tenía que encontrar la manera de ver a Gabe por Raf y solo por Raf.

Y en esa ocasión no iba a permitir que Gabe la echase sin haberle contado antes la verdad.

Capítulo 2

UNA TAL señorita Howard quiere verlo, señor –le anunció Benita, su asistente personal, por teléfono.

Aquello lo sorprendió. ¿Era posible que hubiese ido a su despacho? ¿Cuántas veces tenía que decirle que se mantuviese alejada de él?

Agarró el auricular con fuerza y clavó la mirada al frente. Hacía un día gris en Manhattan, aunque sabía que las calles estarían llenas de gente haciendo las compras de Navidad.

Estuvo a punto de decirle a su asistente que llamase a la policía, pero entonces recordó un pequeño detalle: los ojos llenos de lágrimas de Abigail dos noches antes, sus labios temblorosos, como si de verdad hubiese necesitado aquel trabajo.

Tenía que ser una mentira, pero ¿cuál era la verdad? ¿Qué tramaba? ¿A qué estaba jugando?

Tenía que averiguarlo, pero aquel no era el lugar. Su despacho estaba lleno de documentos que podían ser de interés para alguien como Abigail.

–Dile que estoy ocupado, pero que, si quiere, puede esperar –respondió a su asistente, sabiendo que esperaría y que él disfrutaría haciendo que lo hiciese durante mucho tiempo.

Se quedó sentado en su despacho durante el resto del día, horas. Y ya eran casi las seis cuando Benita volvió a llamarlo.

–He terminado por hoy, señor Arantini, salvo que necesite algo más de mí.

–Nada, Benita.

–La señorita Howard sigue aquí.

Él sonrió con satisfacción.

–Dígale que soy consciente de que está esperando.

Colgó el teléfono e intentó concentrarse en el último informe acerca de la producción de Calypso, pero no pudo concentrarse. Hacía cinco horas que Abby lo estaba esperando y no podía aguantar más la curiosidad.

Suspiró, se puso en pie, tomó su chaqueta y se la puso antes de salir de su despacho para dirigirse a la zona de recepción.

Todo estaba bien iluminado, pero por las ventanas que había a espaldas de Abigail todo se veía negro. A pesar de que faltaba un mes para Navidad, ya habían colocado un enorme árbol en un rincón de la sala de espera, adornado con luces de colores que iluminaban a Abigail dándole un aire casi angelical. Se dijo que aquello era una ilusión. Aquella mujer no tenía nada de angelical.

Ella lo miró al oírlo llegar y Gabe intentó ignorar la atracción que sintió en aquel momento. Le atraían la inteligencia, la lealtad, la fortaleza de carácter, la integridad, y aquella mujer no cumplía ninguno de esos requisitos. Bueno, inteligente sí que era, pero con maldad.

–¿Qué quieres? –le preguntó en tono deliberadamente rudo.

Ella puso gesto de sorpresa. ¿Por su tono, o porque por fin había aparecido?

–No pensé que fueras a recibirme –admitió, confirmando que se trataba de lo segundo–. Pensé que ya te habrías marchado.

–Admito que mi primera idea ha sido pedir que te echasen de aquí –le respondió–, pero después he pensado que debía averiguar lo que estabas tramando.

–¿Tramando?

–Sí. Supongo que tendrás algún motivo para haberte puesto a trabajar en la cocina de mi amigo. Cuéntame, ¿cuál es?

Ella sacudió la cabeza.

–Gabe...

–Prefiero que me llames señor Arantini –le dijo él.

Ella tragó saliva y él se fijó en que no iba vestida para impresionarlo. Se había puesto unos pantalones vaqueros y un jersey negro con pedrería en el cuello. Llevaba en los pies unas bailarinas, negras también.

–Gabe –repitió con determinación–. La noche que nos conocimos, yo...

–No quiero oír hablar de aquello –le dijo él–. No quiero saber nada de ti ni de tu padre. Y lo único que me importa de aquella noche es que me enseñaste una lección que jamás olvidaré. Bajé la guardia contigo como no había hecho en mucho tiempo, y tú me recordaste el motivo por el que era así. Ahora, quiero que salgas de mi vida para siempre.

—Escúchame —le pidió ella.

—¡No! —le dijo—. Porque de tu boca solo salen mentiras.

Ella apretó los labios un instante y Gabe no pudo evitar volver a desearla.

Se preguntó qué le pasaba y se dijo que la culpa la tenía el celibato.

—Vendiste tu cuerpo, tu virginidad, y eso te convierte en...

No terminó la frase, pero dejó claro lo que pretendía decir.

—Me gustaste tanto como yo a ti, Gabe. Calypso no tuvo nada que ver con aquello.

Y él volvió a sentir lo mismo que aquella noche, la tensión que había entre ambos, un deseo incontrolable que lo instaba a besarla, a tumbarla en el suelo y hacerla suya por última vez antes de echarla de su vida para siempre.

No.

Ella lo había utilizado, pero él no iba a hacer lo mismo con ella.

No era su estilo.

Apartó la mirada y puso los brazos en jarras.

—Ya no me gustas —le mintió.

—Lo sé —le dijo ella.

—Entonces, ¿cuál es tu plan? ¿Por qué te has puesto a trabajar para Rémy?

—Porque necesitaba el trabajo, ya te lo he dicho.

—Sí, sí —dijo él, poniendo los ojos en blanco—. ¿No creerás que voy a volver a creerme tus mentiras?

—Eso no es... es complicado. Y no puedo decirte

lo que he venido a decirte si me miras así, con tanto odio, como si quisieras matarme.

A él le entraron ganas de echarse a reír.

—No quiero matarte. No quiero tocarte. Ni verte. Preferiría pensar que no existes.

Ella suspiró.

—Me odias.

—Sí.

—Está bien. Lo entiendo y lo cierto es que me siento mejor sabiéndolo.

Gabe sintió que su impaciencia aumentaba, pero no supo si era porque estaba deseando deshacerse de ella o porque necesitaba saber qué había ido a decirle.

—¿A qué has venido? ¿Qué quieres en esta ocasión?

—Me gustaría recuperar mi trabajo —le dijo ella en tono sarcástico.

—Cuando los cerdos vuelen —respondió él—. Tienes suerte de que no le haya contado a Rémy lo que ocurrió.

—¿Qué más da eso? Me ha despedido de todos modos. Espero que te sientas satisfecho.

—Sí.

Ella cerró los ojos un instante.

—Eres un cerdo.

—Eso dicen.

Gabe volvió a mirarla. Estaba delgada, demasiado delgada. Había tenido más curvas un año antes.

—¿Para qué quieres ese trabajo? Ambos sabemos que no necesitas trabajar.

—Te equivocas.

—No creo.

—Necesito ese trabajo. Necesito el dinero.

—¿Y la empresa de tu padre? —le preguntó él—. Que yo sepa, no ha quebrado.

—No, no creo, aunque en realidad hace mucho tiempo que no hablo con él.

—¿No? ¿Y cuál es el motivo?

Ella tragó saliva, se quedó pensativa antes de hablar.

—Me echó —admitió Abby con voz temblorosa.

—¿Te echó? ¿Tu padre? —le preguntó él, sorprendido.

—Sí.

—¿Por mí?

Ella asintió.

Gabe juró entre dientes.

—¿Te echó porque no le llevaste las fotos que te había pedido?

—No —respondió ella—. No fue por eso.

Gabe esperó, pero estaba impaciente.

—Esa mañana se puso furioso conmigo, sí, furioso al verme llegar con las manos vacías. Pero mi padre no es una mala persona, Gabe, estaba desesperado y...

—¿Por qué piensas que quiero hablar de tu padre?

—Porque quiero que entiendas...

—No, no tengo nada que entender. No sé qué haces aquí ni por qué no he pedido que te echen del edificio, pero esto se ha terminado.

—Espera —le pidió ella, tocándose el pelo con nerviosismo—. Estoy intentando explicarme.

–¿Explicar el qué?

–Aquella noche… no fue lo que tú piensas. Es cierto que me acerqué a ti por Calypso, pero desde el momento en que te conocí, dejé de pensar con claridad y solo me dejé llevar.

–Y, no obstante, hiciste las fotografías. Pensaste que podías llevarte un dos por uno: una noche conmigo y las fotos para tu padre.

–No. Y aunque sé que no es excusa quiero que sepas que siempre había hecho lo que me pedía mi padre.

–Pues tu padre te pidió que hicieses algo que podría considerarse ilegal.

–¡Lo sé! –exclamó ella–. Y no sabes cuánto he deseado poder dar marcha atrás y volver a aquella noche para no hacer algunas cosas de las que hice.

–Ah. En eso no estamos de acuerdo –le dijo él–. Porque si yo pudiese volver atrás no haría absolutamente nada de lo que hice. No volvería a mirarte, ni a besarte, ni a pedirte que subieras a mi habitación. No sabes cómo lamento haberte conocido.

Ella se quedó boquiabierta. Aquello le había dolido. Tanto mejor. Se lo merecía.

–Ahora, si me disculpas, tengo una cita –añadió Gabe.

–Mi padre se puso furioso cuando le dije que no te había conocido. Furioso porque él me había dicho exactamente dónde encontrarte. Furioso porque pensó que no me había esforzado lo suficiente.

–Pues como mentirosa no tienes igual –comentó Gabe–. Así que estoy seguro de que al final conseguiste ablandarlo.

Abby no reaccionó. Tenía la mirada perdida.

—No. Dejó de estar enfadado conmigo, pero sus preocupaciones aumentaron. Estaba perdiendo su cuota de mercado por tu culpa y...

—No era su cuota de mercado, era la de cualquiera que quisiese hacerse con ella. Y el único motivo por el que Bright Spark está en la cima es porque nuestros productos son mejores que los de la competencia.

—Lo sé —asintió ella—. Solo pretendo que lo entiendas a él.

—Pensase lo que pensase tu padre, tú no eres él y tomaste la decisión de manipularme.

—Después de aquello... intenté ponerme en contacto contigo.

—Disculparse no sirve de nada, Abigail. No habría disculpa capaz de obtener mi perdón. Eres una mentirosa y una falsa.

Ella sacudió la cabeza, pero no dijo nada.

—En casa las cosas no estaban bien. Yo estaba preocupada por él y... no me sentía bien.

Gabe arqueó las cejas.

—¿Cuándo no te sentías bien?

—Un par de meses después de... aquella noche. Había estado cansada desde entonces, no había podido dormir bien.

—Por el sentimiento de culpa, aunque dudo que seas capaz de sentirte así.

—Por supuesto que sí —le prometió ella—. Me he sentido muy mal desde que te conocí, pero el caso es que fui al médico y... supongo que ya sabes lo que quiero decir.

–No –respondió él–. Y, sinceramente, ya me aburre esta conversación.

–Estaba embarazada –le dijo ella, dejándolo de piedra.

–Buen intento, Abigail, pero no te creo –le respondió él cuando reaccionó por fin–. ¿Quieres sacarme dinero? ¿O arruinarme? ¿Ha sido idea de tu padre?

–¡No! –respondió ella, pálida, temblorosa–. No me lo estoy inventando. Fui al médico, que me hizo pruebas y me dijo que estaba embarazada. Y tú eres el único hombre con el que he estado.

Gabe frunció el ceño.

–No se lo conté a papá hasta que estuve de cinco meses y se me empezó a notar. Él me preguntó quién era el padre y cuando se lo dije…

–¿Sí?

–Me echó. Me desheredó. Y no lo he vuelto a ver desde entonces.

Gabe se sintió como si le acabasen de dar una patada en el estómago. No podía hablar.

–Ese es el motivo por el que necesito un trabajo y por el que trabajo de noche. Tengo una niñera que duerme en casa y yo paso el día con Raf.

–¿Raf?

–Rafael –le dijo ella, esbozando una sonrisa–. Nuestro hijo.

Se hizo el silencio en la habitación. Gabe intentó procesar toda aquella información.

–Utilizamos protección.

–Lo sé.

–No es posible.

–Tengo un niño de tres meses en casa que demuestra lo contrario –le dijo ella con tranquilidad a pesar de los nervios.

Gabe asintió.

–¿Y qué es lo que quieres? ¿Dinero? ¿O algo más?

–Solo quiero que lo sepas –le respondió ella en tono altivo.

–Has pensado que yo debía saber que soy padre. Que, supuestamente, la noche que pasamos juntos, te quedaste embarazada. ¡Qué casualidad!

–Sí.

–¿De verdad piensas que soy tan tonto? ¿Has pensado que iba a creerme todas tus mentiras? Tenía que haberte echado de aquí desde que has llegado. ¿A qué estás jugando?

–Es la verdad le respondió ella . Tengo un hijo. Se llama Raf Arantini y es la viva imagen de su padre.

Gabe la fulminó con la mirada. ¿Le había puesto su apellido al niño? ¿Podía ser verdad?

Pensó que él siempre utilizaba protección y que era la primera vez que le ocurría algo así. ¿Por qué habría tenido que ser con aquella mujer?

Aquella mujer, que era una mentirosa. Porque, aunque no la conociese bien, estaba seguro de que seguía ocultándole cosas. Y seguía sin poder creer que tuviese un hijo.

Necesitaba tiempo y espacio para pensar, y no podía pensar teniéndola allí.

–Márchate, Abigail. Y no vuelvas a ponerte en contacto conmigo.

Se acercó al ascensor y lo llamó, llegó casi inmediatamente.

Ella anduvo lentamente y, al pasar por su lado, Gabe aspiró el olor a vainilla de su colonia y se puso tenso.

—¿No me crees? —le preguntó Abby.

—¿Te sorprende?

Ella tenía los ojos llenos de lágrimas, pero lo desafió con la mirada.

—Es la verdad.

—Tú no reconocerías la verdad ni aunque te mordiese en ese trasero tan perfecto que tienes.

Capítulo 3

ABIGAIL miró por la ventana sin ver. Hacía una noche fría, estaba nevando, pero no había encendido la calefacción. Raf llevaba puesto un pijama de franela y estaba envuelto en mantas, durmiendo, y ella llevaba unas seis capas. Tomó con ambas manos la taza de chocolate caliente que había preparado con agua en vez de con leche, pero que estaba caliente y dulce, lo que necesitaba después del día que había tenido.

Llevaba toda la noche dando vueltas a la conversación que había mantenido con Gabe mientras él debía de estar en algún restaurante de lujo con alguna mujer elegante. Seguro que ni siquiera había vuelto a pensar en ella. ¿Por qué iba a hacerlo? Le había dejado claro que la despreciaba y, lo que era más importante, que no la creía.

Se dijo que tenía que haberle enseñado una fotografía, pero su cabeza no había funcionado bien. Una fotografía lo habría convencido de su paternidad. Se parecían tanto... Raf tenía los mismos ojos oscuros de su padre, el mismo pelo moreno y rizado, aunque los hoyuelos de las mejillas eran de ella. Abby se hizo un ovillo en el sillón que había junto a la ventana y vio pasar corriendo a un niño disfrazado de elfo, seguido por sus padres que también llevaban sombreros de elfo.

Era la fiesta de Navidad de una de las escuelas de Brooklyn y por eso iban y venían tantas personas disfrazas.

Abigail no había esperado que Gabe se pusiese contento al oír la noticia que le tenía que dar, pero tampoco había imaginado que no la creería.

Durante meses, había intentado encontrar la manera de contarle que tenían un bebé. Y nunca se le había ocurrido pensar que reaccionaría así.

Jamás olvidaría la frialdad de su expresión al subir al ascensor y girarse hacia él. La odiaba.

¿Qué podía hacer?

Miró a su alrededor, en el que había una silla vieja, una mesa de plástico, una lámpara que había comprado en una tienda de segunda mano, y se sintió desalentada.

Casi no había conseguido llegar a fin de mes con su trabajo, ¿qué iba a hacer sin él? Tenía cuarenta y siete dólares en el banco, un alquiler que pagar y un bebé al que tenía que comprarle leche y pañales.

No podía seguir viviendo así. Raf se merecía mucho más.

Terminó el chocolate caliente y dejó la taza vacía en el suelo, a sus pies.

Estaba empezando a acostumbrarse a estar agotada.

Estaba tan cansada que no tenía ni ganas de levantarse de allí para irse a la cama, así que decidió quedarse un momento más, solo para descansar un poco. Después se iría a la cama y, al día siguiente, buscaría trabajo. Conseguiría otro trabajo.

Un golpe en la puerta la despertó. Llamaron con fuerza y ella se dijo que, si no se daba prisa, despertarían a Raf. Así que se levantó y fue hacia la puerta, y la abrió sin comprobar antes de quién se trataba.

Imaginó que sería la vecina de arriba, la señora Hannigan, que siempre necesitaba algo a horas intempestivas.

Abby no había esperado encontrarse con Gabe Arantini en la puerta de su casa.

—¿Gabe? —preguntó con voz cansada, pasándose la mano por los ojos para intentar despertarse—. ¿Qué estás haciendo aquí? ¿Cómo has averiguado dónde vivo?

Su respuesta fue apartarla y entrar en el apartamento.

—Entra, entra —le dijo ella en tono sarcástico.

—¿Dónde está?

—Está… durmiendo.

—Por supuesto —respondió Gabe con incredulidad.

Y Abby se preguntó cómo era posible que tampoco la creyera. Se dijo que le enseñaría alguna fotografía. Tenía el teléfono en el sillón. Fue en esa dirección, pero su voz la detuvo.

—Espera, Abigail.

Ella se quedó inmóvil y se giró hacia él.

—No quiero más mentiras.

—No te estoy mintiendo.

Él levantó un dedo y lo llevó a sus labios.

–Shhh –la acalló–. No he venido aquí a oír más mentiras.

–Entonces, ¿por qué…?

Él la miró a los ojos y Abigail contuvo la respiración porque sabía lo que vendría después y solo tenía un par de segundos para decidir cómo iba a reaccionar. Podría apartarse de él o rendirse y permitir que la besara a pesar de saber que era un error.

Pero lo deseaba tanto…

Gabe iba a besarla y ella le iba a permitir que lo hiciera. De hecho, sería ella la que lo besase si no daba el primer paso él.

Gabe inclinó la cabeza muy despacio y ella levantó la suya para recibirlo mientras ambos se miraban a los ojos. Fue como si el tiempo se detuviese de repente, como la primera vez.

Entonces él se apartó.

–¿Qué demonios es eso?

Abby salió de su aturdimiento.

–¡Raf! –respondió, mirándolo con frustración, agradecida por no haber cometido semejante error.

Gabe se dirigió hacia el pasillo, hacia la habitación, siguiendo el llanto procedente de allí, y se quedó inmóvil junto a la puerta, como si fuese la primera vez que veía a un bebé.

–Discúlpame –le dijo Abby, pasando por su lado para tomar a Raf en brazos, mirando a Gabe de manera triunfante.

–Un bebé –balbució él.

Fue un comentario tan absurdo que Abby sintió ganas de reír.

—Sí, es un bebé. Es tu hijo. ¿Recuerdas que te he hablado de él esta tarde?

—Yo… —respondió él, confundido.

—Tiene que volver a dormirse —le dijo Abby, haciéndole un gesto para que saliese de la habitación.

Él obedeció sin rechistar, dejándola sola con Raf.

Cuando Abby salió unos minutos después, Gabe estaba en el centro del minúsculo salón, con expresión sombría.

—Me has dicho la verdad.

—¡Sí! —exclamó ella—. ¿Por qué iba a hacer lo contrario?

Él frunció el ceño.

—A mí me parece obvio.

—Gabe, aquella noche cometí un error. Un error enorme, lo admito. Y entiendo que te enfadases, pero fue un error. Una decisión equivocada. A pesar de lo que piensas de mí, no tengo la costumbre de mentir.

Él se frotó el rostro con la mano y sacudió la cabeza.

—¿Cómo es posible?

—¿De verdad necesitas que te lo explique?

—Quiero decir que utilizamos protección.

—Sí, pero el médico me dijo que no es infalible.

Gabe hizo una mueca.

—Era tu primera vez. No debería haber sido posible.

—Deja de decir eso. Eres el único hombre con el que he estado y el bebé nació nueve meses después de que estuviésemos juntos. Así, te parezca posible o no, ocurrió.

—Tendrías que habérmelo contado –replicó él.

Abby chasqueó la lengua, molesta.

—¡Lo intenté! ¿Por qué piensas que estuve llamándote?

Él palideció.

—Pensé que querías… disculparte, o poner alguna excusa.

—No, bueno, sí, me habría gustado disculparme también, pero si te llamé fue principalmente para contarte que estaba embarazada.

—¿Quieres decir que no pretendías mantener tu embarazo en secreto?

—¿De verdad piensas que sería capaz de hacer algo tan inmoral?

Sus miradas se cruzaron y ella suspiró.

—Supongo que me consideras capaz de cualquier cosa, pero jamás te habría ocultado algo así. Es tu hijo. Por eso fui a Roma…

—¿Ya sabías que estabas embarazada entonces? ¿Fuiste allí a contármelo?

—¡Sí! Y tú hiciste que me expulsaran como a una delincuente.

—*Madre di Dio*, Abigail. No tenía ni idea.

—Ya, pero si me hubieses dado un minuto de tu tiempo te habrías dado cuenta de mi estado.

—¿Qué quieres decir?

—Que ya estaba embarazada de seis meses.

—¿Y te echaron del edificio en ese estado?

—Me dijeron que me marchase antes de que llegase la policía –le contó ella.

—Esa fue la orden que yo di –admitió Gabe–. No quería verte. Estaba muy enfadado.

—Lo sé, pero no vuelvas a acusarme de haber querido ocultarte la existencia de Raf.

Él negó con la cabeza.

—No puedo creer que tenga un hijo.

Abby esperó a que se disculpase, tal vez, o a que comentase lo bien que se había ocupado de todo ella sola, pero el siguiente comentario de Gabe la sorprendió.

—¿Y lo estás criando aquí? ¿Así?

Se puso muy recta.

—¿Cuál es el problema? —inquirió.

—Que esto es un agujero. ¿Cómo puedes vivir así?

Abby se quedó boquiabierta. Cómo se atrevía Gabe a hacer un comentario así.

—Estamos bien. Y encontraré algo mejor pronto.

—Este lugar no está bien para nadie, mucho menos, mi hijo —la contradijo él.

—Es cierto que no es lo ideal. No estoy ciega, pero es lo mejor que he podido encontrar, teniendo en cuenta mi situación.

Él apretó la mandíbula.

—Cuando tu padre se enteró de que estabas esperando un hijo mío te echó de su casa, ¿verdad?

—Bueno, en realidad, yo lo defraudé y…

—¿Que lo defraudaste? —repitió él con incredulidad—. Me parece increíble.

—Lo sé. Yo jamás imaginé que reaccionaría así. Supe que se enfadaría, pero no…

—¿Te dejó de apoyar económicamente, estando embarazada, porque me odiaba a mí?

Gabe se quedó pensativo, sacudió la cabeza.

—De todos modos, ya no eres su responsabilidad.

—No soy responsabilidad de nadie –le contestó ella.

—Te equivocas, *cara*. Eres mi responsabilidad.

—No.

—Eres la madre de mi hijo.

—Soy una mujer con la que pasaste una noche hace un año.

—Sí. Y te quedaste embarazada. Yo tenía que haber evitado eso. Es todo culpa mía.

—¿Culpa tuya? Raf no es culpa de nadie –bramó Abby–. Es una bendición.

Gabe hizo una mueca.

—No quería decir eso –se disculpó.

—No me debes nada, Gabe –le dijo ella, furiosa–. No te estoy pidiendo nada.

—Vives así –le dijo él, mirando a su alrededor–, ¿y piensas que no te debo nada?

—Sé que este lugar no es… –empezó ella con frustración.

—Es un vertedero.

Aquello le dolió.

—Es mi casa.

Él se cruzó de brazos. Su expresión era indescifrable.

—¿Y dices que querías contarme que teníamos un bebé?

Ella asintió.

—¿Y cómo esperabas que reaccionase yo?

Abby frunció el ceño, no respondió.

—¿Qué esperabas de mí? –le preguntó Gabe, acercándose.

Ella tragó saliva e intentó encontrar las palabras

de un discurso que había practicado innumerables veces.

—Raf también es tu hijo y respeto que quieras formar parte de su vida.

—¿Sí?

—Pero tu vida está en Italia y yo vivo aquí. No obstante, supongo que vendrás a Estados Unidos de vez en cuando y que, cuando el niño sea mayor, también él podría ir a visitarte…

Gabe guardó silencio. La miró fijamente a los ojos antes de contestar.

—Mira este lugar, Abigail. ¿Por qué hace tanto frío? ¿Por qué está apagada la calefacción?

Entró en la cocina y abrió el pequeño refrigerador.

—¿Qué comes? Aquí solo hay dos manzanas y un trozo de pan. ¿Qué has cenado hoy?

Ella se mordió el labio y las lágrimas empezaron a correr por su rostro.

—No lloro de tristeza —le aclaró—, sino de rabia. ¡Estoy enfadada! ¡Y cansada! ¡Y no tienes ningún derecho a venir a mi casa casi a medianoche para insultarme así!

—¿Qué esperabas que hiciera? ¿Cómo pensabas que iba a reaccionar?

—Yo… no lo sé. Solo sé que tenía que decírtelo.

Él asintió en silencio.

—Y te agradezco que lo hayas hecho. Y que no hayas utilizado a nuestro hijo para chantajearme.

—¿Chantajearte? —repitió ella, ofendida—. ¿Por qué iba a chantajearte?

Él se echó a reír.

–No sé. Por dinero. O poder. O a cambio del prototipo de Calypso.

Abby nunca había golpeado a un hombre en toda su vida, pero levantó la mano y le dio una bofetada.

–Eres un imbécil.

–Soy el padre de tu hijo y, te guste o no, ahora formo parte de tu vida.

–¿Cómo que formas parte de mi vida?

Gabe cerró el refrigerador y fue hacia la despensa, que estaba casi vacía.

–¿Cuánto tardarías en preparar una maleta?

–¿Qué?

–No creo que tengas mucha ropa. ¿Tienes una maleta en alguna parte?

–No…

La había vendido al poco tiempo de mudarse allí.

–Entonces haré que traigan una.

–Gabe, espera –le dijo ella, levantando una mano para hacerlo callar–. No necesito una maleta. No voy a ir a ninguna parte.

Él hizo como si no la hubiese oído.

–Es demasiado tarde para ir a ninguna parte ahora. Deberías dormir. Yo me quedaré en el sillón. Saldremos por la mañana.

–¿Y adónde exactamente piensas que voy a ir contigo?

–A Italia –respondió él, sacando el teléfono y poniéndose a hablar por él.

Cuando terminó la llamada, volvió a mirar a Abby.

–El avión estará preparado por la mañana.

–¡No!

–Sí.

–No pienso ir a Italia. Esta es mi casa. Su casa. Y tú… eres su padre, pero no te lo he contado para que nos lleves de aquí. Solo quería que supieras que tenías un hijo para que, en un futuro, si ambos queríais, pudieseis tener una relación. No quería guardarte semejante secreto. Pero ya está. Ya he hecho lo que tenía que hacer.

Él frunció el ceño.

–Prepárate –respondió–. Esto no es negociable.

–Tienes razón. No es negociable. Vamos a quedarnos aquí.

–No te equivoques, Abigail, mi hijo va a venir a Italia conmigo. Te estoy dando la oportunidad de acompañarlo. La decisión es tuya.

Ella sintió pánico al oír aquello.

–No puedes hacer eso.

–¿Quieres ponerme a prueba?

–¿De verdad piensas que voy a mudarme a un país extranjero con un hombre al que casi no conozco?

–No. Pienso que vas a mudarte a un país extranjero con tu futuro esposo.

Ella abrió los ojos como platos, pensando que había tenido que oírlo mal.

–¿Qué has dicho?

–Ya me has oído.

–Es una locura.

Él asintió.

–Pero es lo correcto –dijo.

–Estamos en el siglo XXI, ya nadie se casa por un bebé.

Gabe frunció el ceño.

—Mi hijo va a crecer con un padre y una madre.

—¿Que se odian? ¿De verdad piensas que es lo mejor para él?

—No, pero es lo mejor que podemos hacer, Abigail. Tengo un hijo de tres meses al que no conozco y no pienso marcharme de este país sin él.

—Entonces, quédate –le sugirió ella–. No aquí, pero quédate en Nueva York.

—Mi hijo va a crecer en Italia. Nos marcharemos mañana y tú y yo nos casaremos en cuanto sea posible.

—No. Quiero que te marches, Gabe. Ya hablaremos mañana por la mañana, cuando estés más calmado.

—¿Piensas que tienes derecho a decirme lo que debo hacer, después de lo que tú me has hecho?

—¿Qué te he hecho? –inquirió ella, acercándose un paso más y deseando ser más alta para poder estar a su altura–. ¿Se puede saber qué te he hecho?

—Poner en marcha todo esto cuando te presentaste en mi hotel el año pasado. Aunque no hubiese habido bebé, me habrías demostrado que tomas muy malas decisiones.

—En eso tienes razón –murmuró Abby–. Acostarme contigo fue el mayor error de mi vida.

Cerró los ojos y deseó poder retirar aquellas palabras porque no podía arrepentirse de haber tenido a Raf. Además, incluso sin Raf, tampoco podía arrepentirse de lo que había compartido con Gabe. Lo único que lamentaba era que lo hubiese conocido como consecuencia de las maquinaciones de su padre.

–Lo mismo pienso yo –replicó él en tono frío.

–Vete al infierno –le dijo ella, apoyándose en la pared y bajando la cabeza.

–Ya estoy en él.

A Abby le dolió oír aquello. Tragó saliva, tenía la garganta completamente seca.

Dos días antes había estado trabajando para uno de los mejores cocineros de Nueva York. Se había sentido agotada y sola, pero contenta consigo misma.

En esos momentos tenía delante a aquel multimillonario guapo y arrogante con el que solo sabía discutir, que quería llevársela a la otra punta del mundo para que se casase con él.

¡Cómo iba a casarse con él! ¡Qué pesadilla! ¿Por qué se había empeñado en contarle que tenía un hijo? Tenía que haber ido antes a ver a un abogado. ¿Cómo había podido ser tan ingenua? Tenía que haberle ocultado la existencia de Raf. Tenía que haber hecho todo lo posible por evitar aquello.

¡Era una idiota!

–No me casaré contigo –declaró, enfada–. No puedo hacerlo. Jamás funcionaría.

–Yo tampoco quiero casarme, créeme, pero es lo único que podemos hacer.

–No tiene sentido –insistió ella.

Él la miró fijamente.

–Ya te he dicho que quiero que nuestro hijo tenga una familia. Eso es… muy importante para mí.

Abby ya no recordaba lo que era aquello. Su madre había fallecido mucho tiempo atrás y su padre se había cerrado emocionalmente al mundo. Y en esos momentos Gabe la estaba amenazando con quitarle lo único que tenía, a Raf. No podía perder a su hijo.

–Un matrimonio basado en el odio no puede funcionar –le dijo con cautela.

–También hay amor. Yo he querido a mi hijo nada más verlo. Tú eres su madre y eso significa mucho para mí, Abigail. No te deseo ningún mal, créeme. También quiero cuidar de ti. Raf merece eso… Saber que su padre va a proteger a su madre –le aseguró Gabe en tono apasionado.

Ella se sintió tentada a aceptar. Cerró los ojos con fuerza para intentar rechazarlo.

–Yo no lo veo tan fácil. Casi no nos conocemos.

–¿Qué importa eso? –le preguntó él.

–Me estás pidiendo que me mude a Italia y que me case contigo.

–Te estoy sugiriendo que hagas lo que es mejor para todos, dada la situación –la corrigió él–, pero debes ser tú quién tome la decisión.

Ella se sintió hundida.

No tenía dinero y estaba sola con un bebé al que casi no podía ver porque tenía que trabajar todo el día.

La aterraba el modo en que aquel hombre la hacía sentirse, pero pensó que la maternidad era anteponer las necesidades de los hijos a todo lo demás.

Así que la decisión era fácil de tomar.

–Está bien. Tú ganas. Iré a Italia.

–Y te casarás conmigo –afirmó él.

–Con una condición.

Gabe arqueó una ceja.

–Si voy a Italia y me caso contigo… serás un buen padre para Raf. Pasarás tiempo con él. Si hago esto, es por el niño, para que pueda tener lo que yo…

Se interrumpió, pero Gabe entendió lo que quería decir.

–Seré un buen padre, Abigail. Puedes estar segura de ello.

Ella suspiró. No tenía la menor duda de que Gabe sería un buen padre.

Capítulo 4

A DÓNDE vamos, *mamma*? –había preguntado Gabe con seis años.

–A vivir una aventura, cariño. Lejos de aquí.
A un lugar feliz, lleno de sol, de mar y de personas
buenas –le había respondido Marina.

–¿Sol todo el tiempo?

–Sí, Gabe. A un lugar en el que podamos tener
una buena vida, donde tú seas feliz y yo también
–le había dicho, agachándose–. Y papá también.

–¿Papá va a venir con nosotros?

–Vendrá a visitarnos –le había contestado ella,
sonriendo misteriosamente.

Marina no solía sonreír y a él le había gustado
ver que lo hacía.

–¿Podré conocer a mi padre?

–Por supuesto –le había dicho ella, sacando un
dulce de su bolsillo–. Me ha dado esto para ti, para
el avión.

–¿Vamos a ir en avión?

–Sí, Gabe. Australia está muy lejos, pero mere-
cerá la pena. Yo viví allí de niña y me encantó. Y,
además, tu padre quiere que vayamos, se va a ocu-
par de nosotros y vamos a ser todos felices.

Le había dado un beso y le había acariciado el pelo y, después, había vuelto a sonreír.

Gabe durmió en el sillón y Abby, a la que le costó dormir, se despertó a medianoche y fue a beber agua, y lo vio allí, junto a la ventana, y se quedó inmóvil, observándolo.

Había soñado mucho con él en el último año y en esos momentos su rostro parecía vulnerable.

—Me estás mirando.

Abby se quedó inmóvil y sintió calor en las mejillas.

—Yo... pensé que tendrías frío —mintió—. ¿Necesitas una manta?

Él esbozó una sonrisa.

—No.

—Bien.

—¿No puedes dormir? —le preguntó Gabe.

Ella negó con la cabeza.

—No merece la pena que le des más vuelta a algo que no tiene solución. De todos modos, voy a cuidar de vosotros, Abigail. No tendrás de qué preocuparte a partir de ahora. *¿Capisce?*

Ella volvió a la cama con aquello en mente y se sintió extrañamente reconfortada y pudo dormir.

A la mañana siguiente amaneció otro día frío e inhóspito.

—¿Has hecho la maleta? —le preguntó Gabe en cuanto Abby salió del baño.

Ella se sobresaltó.

–No, pero no tardaré –le respondió–. Raf todavía está durmiendo. No quiero molestarlo.

Gabe frunció el ceño.

–Nos tenemos que marchar, así que es inevitable. Yo me ocuparé de él.

–¿En serio? –le preguntó Abby, sorprendida.

–Es mi hijo, ¿no?

Abby entró en el dormitorio y descubrió que el niño ya estaba despierto. Sonrió, lo tomó en brazos y le dio un beso en la frente.

–Tu papá está aquí, Raf.

Gabe la miró fijamente cuando volvió al salón, pero entonces toda su atención se volcó en el bebé.

Y a ella, al ver su expresión, casi se le olvidó que era, en muchos aspectos, el enemigo.

En su lugar, deseó abrazarlo y darle un beso en los labios. Y susurrarle que podía recuperar los tres meses que había perdido, que tenía toda la vida para estar con su hijo.

Pero no lo hizo.

–No tardaré –le dijo, dándole al niño.

Gabe no respondió. Estaba en su mundo, con Raf. Ella los observó e intentó no sentirse como una extraña.

Abby había crecido con dinero y estaba acostumbrada a vivir holgadamente, pero se puso a temblar mientras subía las escaleras del lujoso jet de Gabe.

De hecho, tardó un momento en darse cuenta de que no estaban solos. Había tres mujeres y un hombre sentados en la parte trasera del avión, y otros dos hombres vestidos de traje oscuro que habían llevado las maletas desde el coche.

Gabe se dirigió al fondo del avión con expresión seria. Y Abby, que no sabía qué hacer, lo siguió.

Una de las mujeres se puso en pie, sonriendo. Y a Abby le cayó bien inmediatamente. Era alta y delgada, de unos cuarenta años. Iba vestida de manera elegante, con el pelo recogido en una trenza y sin maquillar. Tenía una cara agradable.

—Hola, pequeño —dijo.

Y, para sorpresa de Abby, Gabe le dio al niño.

—Tú debes de ser Abigail —añadió la otra mujer sin dejar de mirar a Raf.

—Llámame Abby, por favor —murmuró ella con voz ronca.

—Yo soy Monique.

—He contratado a Monique como niñera para Raf. Este es su equipo —le explicó Gabe.

—¿Qué has dicho? —preguntó ella enfadada, pero sin querer discutir delante de aquellas personas.

Él entendió la situación.

—Ven conmigo.

La llevó al otro lado del pasillo y, entonces, Abby susurró:

—¡No puedes contratar a una niñera sin decírmelo a mí!

—¿Por qué no?

—¡Porque no! —replicó ella—. Porque deberías haberme consultado. ¿Quién es esa mujer? ¿Qué experiencia tiene con niños? ¡Me estás pidiendo que deje a mi hijo con una extraña! Tenías que haber permitido que echase un vistazo a su currículum. Además, ¿cómo has podido encontrar a una niñera tan pronto? ¿Tienes más hijos? ¿Te había ocurrido esto antes?

Abby se sintió aturdida, y no solo por el enfado, sino porque tenía las palmas de las manos apoyadas en el pecho de Gabe.

Este la agarró de las muñecas y le bajó los brazos a ambos lados del cuerpo.

—No —le respondió —. Raf es el primero, y jamás haría nada que pudiese perjudicarle.

—¿Como contratar a una niñera de la que no sabes nada? —inquirió Abby.

—Monique ha trabajado seis años para el embajador de Italia. La he visto trabajar y tiene excelentes referencias. Así que confío en ella. Si no, no la habría contratado.

Le soltó las muñecas y retrocedió, y la falta de contacto físico hizo que Abby se sintiese frustrada.

—En cualquier caso, tendrías que haberlo consultado conmigo.

Gabe se cruzó de brazos.

—Si lo hubiese hecho, ¿la habrías aceptado?

—Soy yo quien va a criar a Raf —le respondió ella, retrocediendo y dejándose caer en un sillón.

Se hizo un ovillo y se mordió el labio inferior.

—Por supuesto que sí —le dijo él, sentándose en el sillón de enfrente—, pero no te va a pasar nada por tener ayuda profesional.

Abby sintió ganas de llorar y no respondió para que su voz no la delatase.

—Si dentro de un mes o dos decides que no quieres esa ayuda, estaré abierto a valorar la situación.

Se miraron a los ojos y Abby se olvidó de todo. Gabe bajó la mirada a sus labios y a ella se le aceleró el pulso, contuvo la respiración.

Después siguió bajando por su cuerpo y, a pesar de que Abby iba vestida con unos pantalones vaqueros y un jersey ancho, se sintió tan sexy como si solo hubiese llevado un conjunto de lencería.

No obstante, cuando Gabe volvió a levantar la mirada a sus ojos solo había en su rostro fría determinación. Todo lo contrario de lo que sentía ella, que habría necesitado una ducha fría en aquel mismo instante para recuperar el control.

Capítulo 5

GABE observó los campos cubiertos por la nieve a ambos lados de la carretera y, más allá, el cielo negro. Tenía los labios apretados con determinación y la mente puesta en evitar pensar en las consecuencias de sus actos.

No quería pensar en lo que implicaría casarse con una mujer como Abigail, una mujer a la que no había querido volver a ver.

No quería pensar en que estaba dormida enfrente de él, con la melena rubia cayéndole sobre un hombro, el cuerpo relajado. Y no quería mirarla porque, si la miraba, después querría tocarla.

–Abigail –dijo en tono gélido, transmitiendo todo lo contrario de lo que sentía por dentro.

Ella cambió de postura, pero siguió dormida.

–Abigail –repitió Gabe en voz más alta al pasar el desvío de Fiamatina, el pequeño pueblo que había a los pies de su terreno.

Abby parpadeó y después frunció el ceño, confundida. Luego lo miró y se puso recta al instante, en alerta.

–¿Dónde está Raf?

Se le había subido el jersey, dejando al descubierto un par de centímetros de su cintura, y Gabe clavó la vista allí sin darse cuenta, hasta que ella tiró de la tela para taparse.

–¿Gabe?

Este se dio cuenta de que lo que sentía era deseo, una complicación que era lo último que necesitaba.

–En el coche de atrás.

–¿En el coche de atrás?

–Estabas dormida –respondió él, encogiéndose de hombros–. Y no quería que te despertase.

Abby miró por la ventana y después a Gabe.

No deberías haber hecho eso. Yo… ¿Cuánto tiempo he dormido?

–Unas horas. Te quedaste dormida una hora antes de aterrizar.

Ella lo miró con sorpresa.

–No recuerdo haber aterrizado –admitió, ruborizándose–. Ni cómo he subido al coche.

–Te he traído yo.

Abby se había acurrucado contra su pecho y había suspirado al tomarla en brazos.

–¿Por qué? –le preguntó ella, cruzándose de brazos.

–Porque era evidente que estabas agotada –razonó Gabe.

Ella no respondió.

–Casi hemos llegado a casa.

Abby cerró los ojos al oír aquello y él se sintió culpable. La había obligado a ir porque era lo correcto. Él no se parecía a su padre, de hecho, era todo lo contrario a él, y lo iba a demostrar casándose con Abigail.

Iba a ser todo lo que no había sido su padre, iba a demostrarle a Raf cuánto lo quería.

Aquella era la decisión correcta, se aseguró.

Abby no pudo evitar dejar escapar un grito ahogado cuando el coche dejó la carretera y empezó a ascender por un camino estrecho, lleno de curvas. Era de noche, pero se veía la silueta de los enormes pinos cubiertos de nieve contra el cielo oscuro. A lo lejos parecía haber un pueblo, tal vez una ciudad pequeña, salpicada de pequeñas luces. El coche siguió subiendo y, tras girar una curva, apareció ante sus ojos una imagen que bien habría podido sacarse de uno de sus sueños de la niñez.

–Es un castillo –murmuró, acercándose a la ventana para verlo mejor.

Parecía un edificio bastante antiguo, de piedra, de cuatro pisos, con un torreón central y muchos balcones pequeños. Según se fueron acercando se dio cuenta de que estaba bien iluminado, de hecho, casi parecía que brillaba.

–¿Vives aquí? –le preguntó a Gabe, girándose a mirarlo, sorprendida.

Él asintió.

–Es precioso…

–¿No te habías dado cuenta de que me gustan las cosas bonitas?

Ella se ruborizó.

–Pero no esperaba algo así.

–¿Y qué esperabas?

Abby se encogió de hombros.

–No sé, un apartamento muy moderno en Roma.

–Tengo un apartamento en Roma –admitió él–, y me alojo en él cuando tengo que trabajar allí.

–Pero prefieres vivir aquí –añadió Abby, girándose a mirarlo.

Él la miró fijamente durante varios segundos antes de encogerse de hombros y añadir:

–Es un lugar tranquilo.

–Es… maravilloso.

Lo mismo que el paisaje que los rodeaba. Todo era belleza a su alrededor.

El coche se detuvo y alguien abrió la puerta, pero antes de que a Abby le diese tiempo a salir, Gabe alargó la mano y le tocó la rodilla para detenerla. Ella se quedó inmóvil y lo miró con sorpresa.

–Hace frío fuera –le explicó él enseguida, tomando un abrigo negro de lana y ofreciéndoselo.

–Gracias –murmuró ella, que tenía el corazón acelerado.

Se puso el abrigo y se dio cuenta de que era de él. Le quedaba enorme y, lo que era peor, olía a su colonia.

A pesar de las hormonas, Abby intentó controlarse y centrar su atención en el castillo. A pesar de no saber mucho de historia italiana, se dijo que debía de ser del siglo xv o xvi. Parecía demasiado rústico para tener alguna influencia del movimiento renacentista, aunque eso no significaba que no fuese precioso. De hecho, era el lugar más bonito que había visto jamás. Tomó aire y se dijo que olía a Navidad.

Era un pensamiento extraño, teniendo en cuenta que solo celebraba lo justo aquella festividad. No obstante, si hubiese pensado en un cuento de Navidad, el escenario habría sido aquel. Un pájaro nocturno voló sobre su cabeza y ella miró hacia arriba y siguió su vuelo a través del cielo cubierto de estrellas.

Por precioso que fuese el entorno, Abby tenía que recordar que aquello no era un cuento de hadas. Tal vez fuese una solución a algunos de sus problemas, pero le traería muchas otras preocupaciones.

Oyó frenar un coche a sus espaldas y volvió al presente. Se giró y vio salir a Monique con Raf en brazos.

Estaba despierto, pero tranquilo.

Monique se acercó a ella con una sonrisa en los labios.

—Se ha portado muy bien durante el vuelo, Abigail. Solo he tenido que darle el chupete al aterrizar.

Abby asintió, aunque no pudo evitar sentirse la peor madre del mundo por no haberse enterado de nada.

Alargó la mano y tocó la frente de su hijo, pero no intentó quitarlo de los brazos de la niñera. Por algún extraño motivo, casi se sintió como si no tuviese derecho a hacerlo.

Monique volvió a sonreír.

—Lo llevaré dentro para darle un baño. ¿Quiere que le dé yo el biberón o prefiere…?

—No —respondió Abby—. Yo lo haré.

Monique asintió y volvió con el resto para entrar juntos en el castillo. Abby, por su parte, se quedó donde estaba y observó cómo desaparecían por las enormes puertas de madera.

Se sentía al borde de un precipicio, con un pie en su antigua vida y otro en la nueva.

Tragó saliva y pensó en Manhattan. En su padre, que la había desheredado.

Pensó en su pequeño apartamento, en el frigorífico vacío, en las facturas, en la calefacción que no podía pagar, y cerró los ojos como para borrar todo aquello de su mente.

–Ven –le dijo Gabe en tono frío–. Te enseñaré la casa.

Todo estaba nevado menos el camino que llevaba a la puerta principal. Alguien debía de haberlo limpiado recientemente, porque estaba volviendo a cubrirse de un manto blanco. Abby se detuvo en la puerta y se giró para volver a estudiar el paisaje. El pueblo a lo lejos, los pinos elevándose hacia el cielo, inundando el aire con su olor, el cielo salpicado de estrellas.

–¿Y bien? –preguntó Gabe con impaciencia–. Ya sé que estabas viviendo en una caja de cerillas, pero pienso que deberíamos entrar si no queremos congelarnos aquí fuera.

–Lo siento, necesitaba un momento para hacerme a la idea –le dijo ella en tono ácido.

Gabe apretó los dientes.

–Aquello es Fiamatina, el pueblo que se creó alrededor de este castillo. La ciudad más cercana es Turín, que está a unas dos horas de aquí. Allí están los Alpes –continuó, señalando hacia la derecha.

Abby siguió su dedo con la mirada. No se había fijado a pesar de lo bien que se veían porque se había quedado impresionada con el castillo.

—¿Ya te has hecho a la idea, Abigail?

—Sí.

Gabe la hizo entrar y con razón. Raf tendría hambre y ella estaba desesperada por abrazar a su hijo y asegurarle que todo iba bien a pesar de los cambios, que seguían estando juntos.

Que eran una familia.

Tal y como Gabe había dicho.

Este entró en el castillo como si aquello fuese completamente normal y, sin embargo, Abby necesitó un momento más para estudiarlo todo. Los techos eran muy altos, con mosaicos, los suelos, color crema y blanco. Había un par de sillones en el recibidor, como si se tratase de un caro hotel. Pero la iluminación parecía sacada de una galería de arte, oculta y elegante, y el sistema de calefacción era excelente. Abby se quitó el abrigo y se fijó en la escalera central, que parecía haber sido reformada recientemente.

—Allí está la cocina, aunque no vas a tener que cocinar. Tengo un equipo que se ocupa de todo.

Al padre de Abby nunca le había gustado tener empleados en casa. Solo había tenido una niñera cuando ella era pequeña, y una persona que hacía la limpieza más tarde. A su padre no le había gustado tener a personas extrañas rondando por la casa, tocando sus cosas, observándolo. Y ella se preguntó si podría acostumbrarse a la presencia de un ejército invisible de ayudantes.

—Mañana te enseñaré la parte trasera de la casa. Hay un jardín que te gustará explorar, en el que Raf podrá jugar. Está vallado, así que no tienes que preocuparte de que se escape.

–De acuerdo –le respondió ella, que todavía se sentía aturdida.

Subieron las escaleras y entonces Gabe giró en una dirección y ella lo siguió. Estuvo a punto de decirle que anduviese más despacio cuando lo hizo de repente y Abby tuvo que detenerse bruscamente para no chocar con él.

–Esta es la habitación de Raf.

Gabe se apartó para permitirla pasar, pero la retó con la mirada.

Abby se dio cuenta de que era porque la habitación estaba amueblada y era el paraíso de cualquier bebé. Había una pequeña bañera y una cuna, una sillita que Raf todavía tardaría en utilizar. También un saltador, un andador, estanterías y más estanterías llenas de juguetes, una mecedora, una cama estrecha que podía utilizar un adulto. Abby paseó por la habitación conteniendo la respiración y tocó algunos objetos. Incluso intentó calcular cuánto habría costado todo aquello. Como un año de alquiler de su apartamento.

Había una puerta a un lado, que daba a un baño grande a un lado y a un dormitorio al otro.

–Las niñeras se turnarán para pasar la noche aquí con Raf.

–¿Cómo has podido organizarlo todo tan rápidamente? Ha debido de ser muy difícil...

–No demasiado.

Por supuesto que no, para alguien como Gabe, aquello habría resultado sencillo. Le habría bastado con chasquear los dedos.

–¿Dónde está mi habitación?

Él la miró fijamente antes de salir de la habitación de Raf. Abby lo siguió por el pasillo, pasaron por delante de varias puertas y finalmente se detuvieron al final.

No se dio cuenta de que estaba conteniendo la respiración hasta que Gabe abrió la puerta. En realidad, había tenido la esperanza de que Gabe insistiera en que compartiesen cama.

Pero aquella habitación no era la suya. La decoración era neutra, no había en ella ningún detalle personal.

—Mi habitación —comentó ella, como si estuviese hablando consigo misma.

—La mía está justo al lado —comentó él con total naturalidad, como si aquello no le afectase lo más mínimo—. Salvo que prefieras dormir conmigo.

A Abby le temblaron las piernas.

Lo miró asustada, pero no porque tuviese miedo a estar con él, sino porque no quería que Gabe se diese cuenta de cuánto lo deseaba.

—Relájate, *tempesta* —le dijo él—. Era una broma. Ambos sabemos que una noche que pasamos juntos ya fue demasiado.

Gabe volvía a ser un niño y su madre, Marina, se estaba muriendo. No porque estuviese enferma, sino por la droga que se pinchaba en vena hasta perder la razón. Se estaba muriendo y él no podía hacer nada para salvarla.

Recordó el miedo que había sentido entonces, la necesidad de abrazarla y hacerla reír.

Aunque ella lo había odiado cuando estaba peor, lo había odiado porque se parecía demasiado a su padre, Lorenzo, y eso era algo que jamás le podría perdonar.

Raf no conocería aquel dolor. No sabría lo que era no tener un padre. Tendría incluso un padre que cuidaría de su madre.

Gabe solo tenía que encontrar el modo de perdonar a Abigail por lo que le había hecho.

Capítulo 6

EL SUEÑO lo despertó al amanecer, sudoroso, enfadado. Salió a correr para tranquilizarse y, cuando volvió al castillo, todavía estaba sensible e irritable.

Sin saber por qué, subió las escaleras. Dudó ante la puerta de su hijo un instante y después la empujó. El niño estaba despierto, en su cuna, mirando el carrusel que tenía sobre la cabeza.

Gabe se sintió presa de un instinto de posesión y también sintió amor. Sí, amor. Era la primera vez que se sentía así, pero fue capaz de reconocer la sensación. No obstante, se quedó junto a la cuna sin saber qué hacer.

Raf dejó escapar un gorgoteo y levantó un brazo mientras miraba a Gabe a los ojos y este siguió su instinto y lo sacó de la cuna.

Se pegó al niño al pecho y aspiró su olor dulce.

—Eres mi hijo —le susurró con voz temblorosa—. Y voy a cuidarte. Te quiero.

Hacía mucho frío y Abigail se había despertado al amanecer, en parte, por el *jet lag* y, en parte, por los sueños que la habían estado atormentando toda la noche.

Pasó de puntillas por delante del dormitorio de Gabe y se sintió tentada a entrar y meterse en su cama.

Se dijo que tenía que volver a hacer ballet, actividad que había dejado al quedarse embarazada de Raf. No necesitaba mucho para ello, solo algo de espacio e intimidad.

Encontró la habitación perfecta enfrente de la cocina. Un espacio que debía de haber sido una sala de estar y que en esos momentos estaba casi vacía. Solo había unas sillas pegadas a la pared y unas puertas de cristal con vistas a los Alpes. Intentó no mirar hacia afuera para no acordarse de dónde estaba. Buscó en su teléfono un fragmento de *El Cascanueces* y pasó unos minutos estirándose. Después, cerró los ojos y se dejó llevar por la música. Bailó y se olvidó de todas sus preocupaciones, se sintió segura, se sintió bien.

Bailó un tema entero, y otro, pero cuando empezaba el tercero vio algo con el rabillo del ojo y se giró para descubrir que Gabe la estaba observando.

Se estremeció.

–¿Querías algo? –le preguntó en tono ácido, cruzándose de brazos.

–¿Qué estás haciendo? –le preguntó él con el ceño fruncido–. ¿Eres bailarina?

–No, solo me gusta bailar.

–¿Acaso no es lo mismo?

–No.

No quería hablar de la que habría podido ser su

profesión. Ni de cómo se había tomado su padre la decisión de dejarla.

—Te mueves… como si formases parte de la canción.

Abby cerró los ojos. Le habían dicho muchas veces que tenían un don, era cierto.

—Gracias.

—Voy a ir a Fiamatina. ¿Necesitas algo?

—¿Al pueblo? —le preguntó ella con curiosidad.

—Sí.

Abigail lo miró con cautela.

—Me gustaría ir contigo.

—Está bien —le respondió él, encogiéndose de hombros—, pero date prisa.

Abby lo fulminó con la mirada cuando se dio la media vuelta. Le molestaba que se comportase de manera tan fría y distante con ella cuando era evidente que ambos sentían el mismo calor.

—Date prisa —repitió Abby en tono burlón, poniendo en blanco sus grandes ojos verdes, y fue en dirección a su habitación mientras lo observaba todo a su alrededor.

Al llegar delante de la puerta de Raf, oyó ruidos y la empujó sin llamar. Una de las niñeras le estaba cambiando el pañal.

—Buenos días —saludó, sonriendo.

Raf giró la cabeza y sonrió de oreja a oreja.

—*Buongiorno* —respondió la joven con acento italiano—. Soy Rosa.

—Yo, Abby —le dijo ella, acariciando la cabeza de

Raf y dándole un beso en la frente–. ¿Cómo ha dormido?

–Ha dormido bien. Y ahora va a desayunar. ¿Quiere darle el biberón?

Abby se sintió culpable y, por un instante, se preguntó si estaba haciendo lo correcto al dejar a su hijo allí durante un par de horas. No obstante, parecía feliz.

–Voy a ir a Fiamatina –respondió, negando con la cabeza–. ¿Me llamarás si hay algún problema?

–Por supuesto, aunque Raf es un niño muy tranquilo. Estaremos bien.

Abby asintió, pero pensó en lo difícil que había sido todo en Nueva York. Antes de marcharse a su habitación, le dio un abrazo a Raf y otro beso, y se dijo que aquello era lo mejor para el bebé.

Luego fue a ducharse y se vistió con unos pantalones vaqueros, una camisa, un jersey gris y ancho y una bufanda rosa. Después sacó el único abrigo que tenía, negro y que le llegaba hasta la rodilla.

Gabe la estaba esperando al pie de la enorme escalera y ella, como ya había hecho por la mañana, miró a su alrededor mientras las bajaba.

Pero al llegar al lado de Gabe y mirarlo a los ojos, solo pudo pensar en él. Incluso le resultó difícil respirar.

–Vas a tener frío –comentó Gabe al ver su abrigo.

No era lo que ella había esperado que le dijera.

–Estoy bien.

–Hay menos de cero grados…

–Estoy acostumbrada al frío –lo interrumpió ella–. Crecí en Nueva York.

–Bueno –dijo Gabe, encogiéndose de hombros, pero mirándola con desaprobación y arrogancia.

–Por cierto, nuestro hijo está bien. Gracias por preguntar. Me conmueve que te preocupes tanto por nosotros, sobre todo, teniendo en cuenta que nos has sacado de nuestra casa de manera tan brusca.

Gabe arqueó las cejas.

–Ya sé que está bien. Le he dado un biberón esta mañana, antes de ir a buscarte a ti.

Abby se sintió como una tonta, pero se negó a disculparse.

–Rosa me ha dicho que había dormido bien.

Gabe prefirió no seguir con la discusión y ella se lo agradeció.

–Sí, tal vez le haya sentado bien el aire de Italia.

–Tal vez.

Salieron del castillo por la puerta principal y el aire frío la golpeó con fuerza. Hacía mucho más frío de lo que Abby había esperado, pero disimuló para no darle la razón a Gabe.

A la luz del día, todo parecía limpio y brillante. El cielo estaba gris y no estaba nevando, pero lo había hecho durante la noche. Alguien había limpiado el camino y un deportivo negro los esperaba a los pies de la escalera. El tipo de coche que habría imaginado que conduciría Gabe. Caro, potente y elegante.

Abby abrió la puerta del pasajero y subió aliviada al calor del vehículo.

Otro golpe de aire frío la estremeció cuando Gabe abrió su puerta para sentarse a su lado, invadiendo el espacio vacío. El motor rugió como una bestia y enseguida se alejaron del castillo.

—No hace falta que te agarres a la puerta como si estuvieses a punto de morir —comentó Gabe en tono divertido—. No te va a pasar nada.

Ella no era de la misma opinión, estaba muy nerviosa, más por culpa del hombre que tenía al lado que por su conducción.

—¿Hace mucho tiempo que vives aquí? —le preguntó, intentando relajarse.

Él arqueó una ceja.

—¿Cambias de tema?

—Siento curiosidad y, si voy a casarme contigo, supongo que deberíamos conocernos un poco mejor.

Él guardó silencio durante unos segundos y después detuvo el coche.

Abby siguió la dirección de su mirada y vio a dos ciervos cruzando la carretera lentamente. Parecía una escena sacada de una película de Navidad, solo faltaba el tintineo de las campanillas y los elfos.

—Llevo unos cinco años viviendo en el castillo.

—¿Por qué? Está alejado de todo.

—Me gusta estar lejos de todo.

—Ya lo veo.

Los ciervos se apartaron y Gabe aceleró suavemente.

—Tengo un helicóptero para cuando necesito ir a Roma, pero también puedo trabajar desde aquí.

—El castillo es un lugar increíble —admitió Abby—. Entiendo que te guste tanto.

–Lo dudo –murmuró él.

–¿Por qué dices eso?

–Da igual.

Abby sintió todavía más curiosidad. De repente, quiso saberlo todo, poder leerle el pensamiento a Gabe y comprenderlo, aunque sospechaba que él no iba a ponérselo fácil.

El coche tomó una desviación y salió a una carretera en la que había algo menos de nieve, como si la hubiesen limpiado un rato antes.

–El castillo era el corazón de este pueblo, donde en el pasado se vivía de la agricultura.

Pero Abby no lo estaba escuchando. Estaba recostada en el asiento de cuero, conteniendo la respiración, mientras estudiaba Fiamatina con la mirada. Era, sin duda alguna, el lugar con más encanto que había visto nunca. Todos los edificios parecían muy antiguos y, al igual que el castillo, estaban construidos en piedra. Las calles eran tan estrechas que no cabían en ella dos coches a la vez. Gabe condujo despacio y a ella le dio tiempo a ver las decoraciones navideñas que adornaban tiendas y hogares.

Entonces giraron y llegaron a una plaza cuadrada, con una enorme estatua renacentista en el centro: la virgen María y el niño Jesús también cubiertos de nieve, con una guirnalda a los pies.

Gabe paró el motor.

–Yo estaré aquí un par de horas. Supongo que serás capaz de entretenerte sin meterte en líos durante ese tiempo.

Abby lo miró con frustración.

–No me parece que este sea lugar para meterse en líos.

–Pero tú eres una experta en hacerlo –replicó él en tono serio–. Intenta no seducir a ningún tendero, *tempesta*. Ninguno tiene secretos que merezca la pena descubrir, ni dinero, en comparación conmigo.

–Yo a ti no te seduje –replicó ella, enfadada.

Gabe se echó a reír y después sacudió la cabeza y volvió a ponerse serio. Alargó la mano y le tocó la barbilla.

–Me sedujiste hace un año, no te confundas, pero ahora ya te conozco y no volverás a engañarme.

Ella deseó decirle que se fuera al infierno, que no quería tocarlo ni con un palo, ni a cambio de un millón de dólares, pero su cuerpo la contradijo sintiendo calor con la leve caricia.

Gabe la miró a los ojos.

–¿Siempre has hecho lo que quería tu padre?

Ella suspiró.

–Lo quiero –respondió sin más–. Es mi padre.

La expresión de Gabe cambió y bajó la mano.

–Es un imbécil.

Abby se sintió triste.

–No es tan sencillo –empezó–. Es que… desde que mamá murió, lo único que ha tenido ha sido el negocio. Estaba muy orgulloso de su empresa, pero Bright Spark se lo ha puesto muy difícil.

–Mi empresa es más fuerte porque nuestros productos son mejores, ni más ni menos –respondió él con arrogancia.

Y Abby sabía que tenía razón.

–Lo que estoy intentando explicarte es que mi padre estaba dispuesto a cualquier cosa por tener éxito.

–Incluso a mandar a su hija a acostarse con un hombre al que casi no conocía.

–No seas tan… Así dicho, suena fatal –le dijo ella–. No fue así.

–¿No? Entonces, ¿cómo fue?

Abby tragó saliva y se obligó a mirarlo a los ojos.

–Mi padre solo quería que yo averiguase información acerca de Calypso –le contestó–. Lo de acostarme contigo fue solo cosa mía.

–¿Y te mantuviste virgen hasta los veintidós años para después acostarte con alguien a quien no conocías? Eso suena muy extraño.

Abby no supo cómo explicarle que él era diferente a los demás hombres que había conocido hasta entonces, que su cuerpo había sentido que era perfecto para ella, el hombre al que había estado esperando.

No quería contarle aquello a Gabe, que la miraba con sorna.

–Tenía veintidós años y era virgen, así que quería acostarme con alguien –mintió–. Cualquiera me habría servido, pero apareciste tú.

Él juró entre dientes.

–No eres como pensaba –le dijo.

–¿No? Pues el sentimiento es mutuo. Y mi padre tenía razón acerca de ti.

–Seguro que sí –le respondió él, sonriendo y acercando su rostro peligrosamente al de Abby, que no retrocedió.

–Así que te acostaste conmigo porque querías sexo.

–Sí.

–A pesar de haber esperado...

–No había esperado por ningún motivo en especial –lo interrumpió ella–. No había surgido...

–Hasta que me conociste a mí.

–Mira, Gabe –le dijo Abby, intentando sonar tranquila–. Me avergonzaba ser virgen, ¿de acuerdo? Quería ser como las demás chicas de mi edad.

–Pues no lo conseguiste –le contestó él en tono frío–. Porque no te pareces en nada a ninguna otra mujer.

Capítulo 7

GABE cerró la puerta del coche con más fuerza de la necesaria. Su discusión, las palabras de Abigail, le habían afectado y no sabía bien por qué. Siempre había pensado mal de la madre de su hijo, ¿por qué le sorprendía su admisión de que solo lo había utilizado para terminar con su virginidad?

Porque no había tenido la sensación de que hubiese sido así. Para él aquella noche había sido diferente. Se había sentido especial por haber sido el primer hombre que había estado con ella. ¡Qué ingenuo!

Abigail solo lo había utilizado.

—Es la primera vez que lo hago —había murmurado ella, sin mirarlo a los ojos.

—¿El qué? ¿Acostarte con un hombre al que acababas de conocer?

Ella había negado con la cabeza y después lo había mirado por fin.

—Acostarme con un hombre.

Su confesión lo había dejado sin habla.

—No hace falta que lo hagas, Abby —le había asegurado él—. La primera vez es… especial.

—Pero quiero hacerlo —había murmurado ella,

poniéndose de puntillas para darle un beso–. Por favor, Gabe, quiero que tú seas el primero.

«Mentirosa».

La opinión que tenía de Abigail Howard fue todavía peor de la que había tenido hasta entonces, pero se dijo que, no obstante, se casaría con ella. No podía dar marcha atrás.

Abby se sentía dolida por las palabras de Gabe. Lo de que no era como las demás no había sido precisamente un cumplido, sino todo lo contrario. Se lo había dicho para hacerle daño. O tal vez no, tal vez solo había dicho lo que pensaba de ella en realidad.

Pasó una hora paseando por el pueblo, dándole vueltas a aquello, hasta que se dio cuenta de que estaba helada y casi no había visto nada. Intentó apartar a Gabe de su mente y miró a su alrededor. Había caminado en círculos y en esos momentos estaba en una calle que daba a la plaza cuadrada en la que habían aparcado. Gabe había quedado con ella allí dos horas después de despedirla, lo que significaba que le quedaba otra hora para explorar el pueblo.

Como tenía frío, buscó una tienda que estuviese abierta y entró, descubriendo que era una tienda de regalos de gran calidad.

–*Ciao, signorina* –la saludó el dueño desde detrás del mostrador.

Ella lo miró y esbozó una sonrisa.

Tenía unos cincuenta años, era fornido y de baja estatura, y llevaba una larga barba blanca. Unos tirantes rojos le sujetaban los pantalones. Era la viva imagen del Papá Noel italiano.

Dijo algo en italiano y Abby negó con la cabeza.

–Lo siento, solo hablo inglés –respondió.

–¿Estadounidense?

–Sí.

–Bienvenida –dijo él con fuerte acento italiano–. Mira y si puedo ayudarte, me lo dices.

Ella asintió.

–De acuerdo.

La tienda era una maravilla. Abby se acercó primero a unas pequeñas figuras talladas en mármol. También había velas de distintos colores y adornos de Navidad hechos de madera, y belenes montados sobre una plataforma que giraba al encender unas velas, cajas de música…

–Todo es precioso –comentó.

–¿Eh?

–*Bella* –dijo ella, acercándose a una estantería llena de adornos navideños tallados en cristal.

–*Aspetti* –le respondió este–. Espera, espera.

Desapareció detrás de una gruesa cortina de terciopelo y volvió con una mujer joven.

–Mi hija –la presentó el tendero.

–*Ciao* –la saludó la otra mujer–. ¿Eres norteamericana?

–Sí.

–¿Te gustan los adornos?

Abby asintió.

–Son… maravillosos.

Él hombre habló en italiano y su hija tradujo para Abby.

–Son únicos en esta zona. Cuando nuestro pueblo se formó, había entre sus habitantes personas venidas de Murano, que transmitieron sus habilidades de generación en generación. Solo quedan tres personas en el pueblo que saben hacerlos y solo se hacen cincuenta al año, para que sigan siendo especiales.

Abby pensó que no había visto nada tan bonito en toda su vida.

–Dicen que traen suerte –continuó la otra mujer–, pero yo no pienso que sea verdad. Solo son bonitos.

Abby asintió. Se imaginó aquellos adornos en un enorme árbol, brillando con las pequeñas luces que lo adornaban. A pesar de que ella no había vuelto a celebrar la Navidad desde que su madre había fallecido, en esos momentos le gustó la idea. Pensó en decorar un árbol aquel año. Al fin y al cabo, eran las primeras navidades de Raf.

–¿Cuánto cuestan? –preguntó.

El padre dijo una cantidad y Abby pensó, entristecida, que era normal que fuesen tan caros.

–Me llevaré dos –decidió.

–Que los disfrutes –le dijo la hija del tendero, despidiéndose con la mano antes de volver a desaparecer detrás de la cortina.

El hombre envolvió los adornos con cuidado y los metió en una bolsa. Abby le dio el dinero y él le apretó la mano y le dijo:

–Dan buena suerte. Ahora vas a tener buena suerte.

Abby asintió, aunque no lo creyese. En cualquier caso, iba a necesitar más que suerte para que su matrimonio con Gabe saliese bien.

Miró el reloj que había en la plaza. Todavía tenía quince minutos. Se cerró bien el abrigo y paseó mirando escaparates, pero sin entrar en ninguna tienda porque no tenía más dinero que gastar.

–¿Has terminado? –preguntó una voz a sus espaldas.

Abby se giró y vio a Gabe con varias bolsas en las manos y gesto de desaprobación.

–Sí –le respondió, aunque pensó que, si hubiese ido vestida de manera más adecuada, se habría quedado allí todo el día.

Él asintió y abrió el coche.

–Tienes frío –comentó, tendiéndole una bolsa–. Toma.

Era un abrigo color crema, de lana, forrado de felpa.

–Póntelo –le ordenó Gabe con impaciencia–, antes de que te conviertas en un bloque de hielo.

–¿Me has comprado un abrigo?

–Y también guantes, un gorro y bufanda –respondió él en tono impaciente–. No quiero que mueras de una hipotermia.

Ella lo fulminó con la mirada.

–Gracias –le dijo.

No obstante, notó cómo su temperatura corporal subía varios grados nada más ponerse el abrigo.

–Y toma esto antes de ponerte los guantes –añadió Gabe en tono rudo.

Fue tan brusco que Abby no sospechó que lo que le estaba dando era una caja con un anillo dentro.

Un anillo de compromiso con una enorme esmeralda en el centro, rodeada de pequeños diamantes. Era precioso, era enorme, y muy caro.

—Pero… —balbució ella.

—Dicen que esto forma parte del trato.

—¿Qué trato?

—El matrimonio.

Abby asintió, pero siguió sin ponerse el anillo.

—Pero… es demasiado. Con algo más normal habría bastado.

Gabe apretó la mandíbula.

Yo nunca compraría un anillo normal a la mujer con la que quisiera pasar el resto de mi vida. Si quiero que la gente se crea que es un matrimonio de verdad, tengo que empezar por un anillo de verdad.

Abby frunció el ceño.

—¿Nos importa lo que piensen los demás?

—A mí me importa por el bien de nuestro hijo. No quiero que hablen de él porque sus padres no han sabido comportarse como dos adultos maduros —replicó—. Ponte el anillo.

Abby arqueó una ceja.

—Por supuesto, sobre todo, si me lo pides con tanta amabilidad. De todos modos, no pienso que nadie se burle de un niño cuyos padres no están casados en pleno siglo XXI.

—Eso nunca lo sabremos, porque los padres de Raf lo van a querer y van a fingir que son felices juntos.

Abby clavó la vista en la piedra verde, del mismo color que sus ojos. Y se le ocurrió pensar que tal vez Gabe lo hubiese escogido por aquel motivo. Aunque era absurdo. Lo más probable era que hubiese elegido el primer anillo que le habían enseñado en la joyería.

—¿No te estarán entrando dudas acerca de nuestro matrimonio? —le preguntó él.

—No —respondió ella con el corazón acelerado—, pero pienso que deberíamos hablar de cómo va a ser ese matrimonio.

Él inclinó la cabeza, no respondió.

—Es lo mejor para Raf, ¿no? —añadió ella.

—Está bien —le dijo Gabe—. Hablemos.

Echó a andar y ella lo siguió con el ceño fruncido, el anillo en una mano y la bolsa con su compra en la otra.

—¿Gabe? ¿Adónde vas?

Él se detuvo y la miró con frustración.

—¿No querías hablar?

Cuando la tuvo cerca, le quitó el anillo de la mano y se lo puso. Después asintió con aprobación.

—Hay una cafetería cerca.

—Ah.

—Tengo hambre —añadió él, como si aquello lo explicase todo.

Abrió la puerta de la cafetería y esperó a que Abby entrase.

Esta tardó unos segundos en apreciar la belleza del interior, donde solo había unas diez sillas y pocas mesas. El local estaba decorado con un árbol de Navidad en una esquina, lazos granates y guirnaldas doradas. Sonaban villancicos en italiano de fondo y aquello la animó.

—Siéntate —le pidió Gabe, señalando la mesa del rincón.

Abby lo fulminó con la mirada.

—No seas tan dominante.

Sintió la tentación de sacar los dos adornos que había comprado e intentar tranquilizarse con ellos, pero se dijo que esperaría a estar de vuelta en el castillo.

Se giró hacia Gabe y se dio cuenta de la deferencia con la que lo trataba la pareja que había detrás del mostrador, que parecía encantada con él.

A pesar de haber pasado parte de su vida en Australia, lo consideraban de allí.

Gabe se giró hacia ella de repente, la miró a los ojos y a Abby se le aceleró el corazón y apartó la vista.

—Querías hablar —le dijo él, sentándose enfrente—. Empieza.

—Bueno… —comenzó Abby, mordiéndose el labio inferior, intentando poner en orden sus ideas—. Quieres que todo el mundo piense que nuestro matrimonio es real, pero…

—¿Sí?

—No va a serlo.

—No.

—Entonces, no esperarás que…

—¿Durmamos juntos? —terminó Gabe en tono burlón.

—Sí.

La mujer que había detrás del mostrador se acercó con dos cafés solos y volvió a marcharse.

Abby tomó una de las tazas solo por tener algo en las manos. Su calor la reconfortó.

—Como te dije anoche, eso no forma parte de mi

plan –le aclaró Gabe–. De hecho, de haber sido por mí, no habría vuelto a verte. Eso ya lo sabes. No obstante, estoy dispuesto a hacer un esfuerzo por nuestro hijo

Abby asintió. Tenía muchas dudas. Quería preguntarle si se acostaría con otras mujeres. Y qué ocurriría si se enamoraba de una de ellas y quería casarse. ¿Podría pedir la custodia de Raf junto a ella?

De repente, se sintió sobrepasada por la situación.

–Pero no estarás con nadie más, ¿no?

–¿No te irás a poner celosa? –preguntó él sonriendo.

–No –le respondió Abby–. Es a ti a quien le preocupa la idea de exponer a Raf a las habladurías. Supongo que también deberían preocuparte las relaciones extramaritales.

Gabe se quedó pensativo.

–Tengo la intención de hacer lo que sea mejor para nuestro hijo.

Aquello tranquilizó a Abby. Gabe no le había prometido nada, pero confiaba en él.

–¿Durante cuánto tiempo?

Él arqueó una ceja.

–¿Cuánto tiempo va a durar nuestro matrimonio?

–El que sea necesario –le contestó Gabe–. En algún momento, tendremos que separarnos. Cuando Raf sea mayor, cuando sea feliz. Es imposible saberlo ahora.

Abby asintió, preguntándose por qué sus palabras no la tranquilizaban más.

–No te preocupes, *tempesta*. No te mantendré a mi lado más tiempo del necesario.

Gabe se bebió el café de un sorbo, ajeno a la expresión turbada de Abby, que agradeció la llegada de la camarera con comida, que les llevó *piadini*, *zeppole*, *biscotti* y fruta suficiente para alimentar a toda una familia.

Pero ella había perdido el apetito. A juzgar por su última frase, Gabe la odiaba y no quería casarse con ella, pero lo hacía porque estimaba que era absolutamente necesario.

–¿Durante cuánto tiempo has hecho ballet? –le preguntó él, cambiando de tema.

Su carrera como bailarina era un tema que Abby siempre intentaba evitar, pero en aquellos momentos se sentía emocionalmente desorientada.

–Mucho.

–¿Un año? ¿Dos? ¿Cinco?

–¿Acaso importa?

Él se inclinó hacia delante y colocó la mano encima de la suya.

–Vamos a tener que mejorar en esto de fingir que nos gustamos –le dijo en voz baja–. Es normal que quiera saber más de ti, ¿no?

Gabe tenía razón y eso la molestó.

–Once años –respondió en voz baja y, después, sin saber por qué, continuó hablando–. Mi madre era bailarina y yo quería ser igual que ella.

Gabe asintió.

–¿Cuántos años tenías cuando falleció?

Ella se lo había contado la primera noche que habían estado juntos.

–Tenía ocho años –murmuró–. Fue un mes antes de Navidad. En un accidente de tráfico.

–Lo siento –le dijo él–. ¿Y empezaste a hacer ballet entonces?

Ella asintió.

–Mi padre sabía que quería parecerme a mamá, pero, además, él también quería que me pareciese a ella. Físicamente, soy como ella –le explicó en voz baja–. Y me muevo como ella.

Aquello era mentira, habían sido muchas las personas que, a lo largo de su vida, le habían dicho que su madre había tenido mucho más talento que ella.

–¿Y qué ocurrió?

–Que era el sueño de una niña –respondió Abby, ignorando el dolor de su pecho.

–¿Y dejaste de soñar?

Ella, que no solía explicarle aquello a nadie, se sintió obligada a ayudar a Gabe a comprender.

–Es curioso, eso de ser bueno en algo. A mí se me daba muy bien el ballet, Gabe, excepcionalmente bien. Y tuve algunas oportunidades increíbles. Bailé con los mejores.

–¿Y entonces?

–Me rompí la pierna –le respondió ella, sonriendo.

Gabe esperó a que continuase.

–Y no pude seguir ensayando. Tuve que hacer reposo. Por primera vez en mi vida, tuve tiempo para otras diversiones y descubrí que había cosas que me gustaban más que bailar.

Él asintió, pensativo.

—¿Y lo dejaste?

—Sí. Una tarde, un amigo me trajo *Jane Eyre* para que lo leyese. Lo hizo a modo de broma, diciéndome que era como Bertha, pero que no lo entendería hasta que no leyese el libro.

Se echó a reír.

—Se refería a que estaba encerrada en casa por mi padre, aunque eso no fuese cierto. El caso es que empecé a devorar libros.

Abby tomó un donut de canela, pensativa.

—No quise… dedicar mi vida a la danza. No, quise conocer el mar, navegar, viajar a la antigua Troya, quise viajar y descubrir un mundo que jamás había pensado que existía.

Gabe apretó los labios.

—No obstante, todavía bailas.

—Siempre bailaré —admitió ella—. Me encanta como afición, pero no como profesión.

—Has dicho que tu padre quería que fueses como tu madre. ¿Cómo se tomó tu decisión de abandonar el ballet de manera profesional?

Abby agachó la cabeza, no quería responder a aquello. Su padre había reaccionado fatal y no quería contárselo a Gabe.

—Acabó aceptándolo.

—No lo creo —comentó Gabe—. No obstante, tú sigues adorándolo.

Abby tragó saliva. No sabía cómo explicar que la culpa que había sentido por haber defraudado a su padre la había llevado a tomar otras decisiones, incluida la que la había llevado a conocerlo a él.

—Es mi padre —le respondió, encogiéndose de

hombros–. Es difícil de explicar. Sé que tiene sus defectos, pero lo quiero.

–¿Y le perdonarías cualquier cosa?

–Supongo que sí –respondió ella–. ¿Tú no?

–No, *tempesta*. Yo destruí a mi padre en cuanto tuve la primera oportunidad y volvería a hacerlo si fuese necesario.

Capítulo 8

ABBY miró fijamente a Raf con el ceño fruncido. En las dos semanas que llevaba en Fiamatina, casi no había hablado con Gabe, pero no podía dejar de pensar en la conversación que habían mantenido aquella mañana en la cafetería.

¿Había destruido a su padre?

Pensó en lo que sabía del hombre que iba a convertirse en su marido. Había sido criado por padres de acogida en Australia y así era como había conocido a su socio en los negocios. Había entrado en acogida con ocho años, la misma edad a la que ella había perdido a su madre.

Pero Abby no sabía qué había sido de su vida antes de aquello.

Podía preguntárselo, pero Gabe no parecía tener ganas de hablar del tema. Y Abby tenía la sensación de que, en general, la estaba evitando.

A pesar de que lo que le apetecía era tomar a Raf en brazos, salió de la habitación y fue a su dormitorio.

Una vez allí, miró por la ventana, hacia el bosque, y se acordó de repente de los adornos navideños que había comprado y que seguían metidos en la bolsa. Los sacó y los dejó con cuidado encima del tocador, sonriendo y pensando que estarían mucho mejor en un árbol de Navidad.

Así que tomó el abrigo que Gabe le había comprado, aunque ya no era el único, ya que desde que estaba allí habían llevado varios encargos de Milán, Venecia, París y Praga para ella, detalles de Gabe que seguían incomodándola. Y bajó a buscar a Hughie, un joven irlandés que se ocupaba de los jardines y que le caía muy bien.

—Hughie, ¿crees que podrías ayudarme a conseguir un árbol?

—¿Un árbol de Navidad?

—Sí. Hay muchos árboles por aquí, pero no tengo un hacha, ni sabría utilizarla. Y he pensado...

—Por supuesto, yo talaré uno antes de que se haga de noche. Ven. Puedes elegir el que quieras.

Hacía mucho tiempo que Abby no lo había pasado tan bien. Caminaron por el bosque durante media hora, charlando acerca de la familia de Hughie, que tenía seis hermanas y unos padres que los adoraban.

De hecho, Hughie le estaba describiendo a su hermana Daphne, la mayor, cuando Abby se quedó inmóvil.

—Ese es perfecto —gritó, poniéndose a dar saltos.

Hughie taló el árbol y después volvieron a casa con él. Y Abby estaba tan contenta y relajada que no se dio cuenta de que Gabe los observaba desde una ventana, furioso.

Se le había olvidado lo bella que era. No, aquello no era cierto. Recordaba su belleza, pero se había obligado a pensar que era una manipuladora, una mentirosa. Cada vez que la veía sonreír y quería devolverle la sonrisa, recordaba las fotografías que había visto en su teléfono. Las fotografías que había hecho en su casa, para arruinarlo.

Cada vez que la oía canturrear y se sentía bien, se recordaba que tenía muchos motivos para alejarse de ella y negarse a volver a verla.

Cuando se despertaba en mitad de la noche, sudando y soñando con Abby embarazada y sola, deseando poder reconfortarla, se acordaba de sus mentiras y de su engaño.

Se había acostumbrado a ignorar su belleza.

Pero al verla así riendo con Hughie, no pudo evitar fijarse en ella. En su sonrisa, en sus hoyuelos, en sus ojos brillantes, en la gracia de sus movimientos.

Llevaba quince días manteniendo las distancias con ella, demostrándose que podía superar el reto de estar casado con ella sin dejarse llevar por la química que había entre ambos.

Hughie parecía contento. Había dicho algo en voz baja y Abbie se había acercado a él para escucharlo bien. La vio meterse un mechón de pelo detrás de la oreja y ponerse seria, concentrada en lo que Hughie le estaba diciendo. Luego volvió a reír y le tocó el brazo. Se miraron a los ojos. Era evidente que Hughie estaba encantado.

Gabe juró entre dientes y se pasó la mano por el pelo.

Abigail se puso seria al mirar hacia la casa y a él se le encogió el pecho. Era preciosa cuando reía y enigmática cuando estaba seria. Y en ambas ocasiones conseguía afectarle.

Solo el hecho de que otro hombre la mirase despertaba en él el instinto de posesión.

Era la madre de su hijo, la mujer que le había entregado su virginidad. Era suya en muchos aspectos... Se lo tendría que recordar.

−¿Dónde lo quieres? −le preguntó Hughie, moviendo el árbol como si se tratase de un ramo de flores.

−¿En el estudio? −murmuró Abby, pensando en aquella habitación, que tenía unos sillones muy cómodos y vistas a los Alpes.

−El estudio es un buen sitio −respondió Hughie−, pero no sé si es el mejor lugar. ¿Qué te parece la entrada?

Ella pensó que tenía razón.

−De acuerdo.

−¿Abigail?

Ella se giró al oír la voz fría de Gabe y se preguntó por qué tenía que ser tan guapo.

−Necesito hablar contigo un momento.

−Ah −respondió ella, mordiéndose el labio−. Es que íbamos...

−Ya lo veo −respondió él, controlando su ira.

−No te preocupes, Abby −intervino Hughie sonriendo−. Me las puedo arreglar solo con este monstruo.

Ella pensó que no se trataba de aquello, sino de que le apetecía ayudar a Hughie. Miró a Gabe con impaciencia, pero, al verlo tan serio, se preocupó.

−De acuerdo. Ahora vuelvo.

Subieron las escaleras y, una vez arriba, Gabe le puso la mano en la cintura y la guio hacia el pasillo.

Ella lo fulminó con la mirada.

—¿Se puede saber qué está pasando? —inquirió, deteniéndose de golpe.

—Preferiría que hablásemos en privado —respondió él.

Ya estamos a solas —le dijo ella cuando estuvieron en su dormitorio, decidida a ignorar la presencia de la cama.

Gabe cerró la puerta.

—Me dijiste que te preocupaban los rumores de infidelidad, pero, a la primera oportunidad, te pones a coquetear delante de todo el mundo.

—¿Qué?

—He visto cómo te comportabas con Hughie.

Ella dio un grito ahogado, se había quedado sin palabras.

—¿Te parece apropiado acostarte con uno de nuestros empleados?

—No es empleado mío, sino tuyo —replicó ella.

—¿Qué importa eso?

—Y no me estoy acostando con él —añadió enfadada—. Me cae bien, ¿de acuerdo? Es el único que es agradable conmigo y hablamos el mismo idioma. Es la única persona con la que he conseguido hablar de verdad desde que llegué a Italia. Se porta bien conmigo, no como otra persona a la que prefiero no mencionar. Es refrescante estar con alguien que no me mira como si fuese la porquería de la suela de su zapato.

Gabe la fulminó con la mirada.

–Me da igual que sea agradable contigo –replicó–. No quiero volver a verte hablando con él.

–No me puedes impedir que tenga amigos.

–No, pero puedo despedirlo –respondió Gabe, dando un paso hacia ella.

–Ni se te ocurra –le dijo Abby, empujándolo del pecho.

Él le agarró las manos y sus miradas se cruzaron.

–No me digas lo que debo o no debo hacer.

–Madura –le dijo ella, volviendo a empujarlo–. No me estoy acostando con el jardinero. ¡No me estoy acostando con nadie! No me he acostado con nadie desde que estuve contigo, así que vete al infierno con tus estúpidas acusaciones.

La expresión de Gabe cambió de repente y, cuando Abby quiso darse cuenta, la estaba besando.

No, no fue solo un beso, fue mucho más. Fue como si quisiera marcarla. Fue una conexión salvaje, desesperada. Le metió la lengua en la boca y ella gimió y le metió las manos por debajo de la camisa, tocando su pecho desnudo que tan bien recordaba.

Había pasado un año desde que había hecho aquello, pero tenía la sensación de que no había pasado el tiempo.

–No vas a estar con nadie más –gruñó Gabe, quitándose la camisa por la cabeza y apretándose contra ella mientras enterraba los dedos en su pelo–. Eres mía.

Le quitó la camisa a Abby también, muy serio.

–No soy tuya –replicó ella–. ¿Cómo voy a serlo, si ni siquiera me hablas? Ni tampoco me miras. No soy tuya.

–Ahora te estoy mirando –le dijo, bajándole los pantalones vaqueros.

Y ella pensó que no era suya, pero estaba desesperada por él.

Se dijo que la diferencia era vital.

–No quiero que te limites a mirarme –admitió.

Él rio.

–Tanto mejor.

Gabe le acarició la espalda.

–Eres demasiado bonita –gimió, bajando la boca a sus pechos y tomando un pezón con la boca mientras le acariciaba el otro pecho con una mano.

Ella gimió su nombre una y otra vez.

–¿Me deseas? –le preguntó Gabe, poniéndose serio.

–Sí.

A Abby no le daba miedo admitirlo, lo que le daba miedo era lo que ocurriría si no lo hacía. Nunca había necesitado algo tanto en toda su vida.

–Bien –le respondió él–. Porque voy a hacer que te sientas tan desesperada que no puedas pasar ni un día sin mí.

–Pensé que no querías tocarme.

–Al parecer, estaba equivocado –admitió, levantándola y haciendo que lo abrazase por la cintura.

La tumbó en la cama y la volvió a besar mientras se colocaba encima. Luego desapareció y volvió con un preservativo, se lo puso y ella contuvo la respiración.

–¿Estás segura de que es lo que quieres? –le preguntó Gabe, empujándola con su erección.

Ella asintió fervientemente.

—Pídemelo por favor —le ordenó Gabe.

—Por favor —gimoteó ella, arqueando la espalda.

—Dime otra vez que soy el único hombre con el que te has acostado —le pidió, empezando a penetrarla.

—Sí, sí.

—Dilo.

Ella abrió los ojos y asintió.

—No he estado con nadie más.

Él sonrió y por fin entró en ella.

Abby gimió y le clavó las uñas en la espalda, levantó la cadera para estar más cerca de él.

Gabe bajó la boca a su pecho y le lamió la punta endurecida con la lengua, pasó los labios por todo su cuerpo, por su vientre, alrededor del ombligo y el vértice de sus piernas.

Y Abby dio un grito ahogado cuando la acarició más íntimamente.

—¿Te ha acariciado algún otro hombre aquí?

Ella negó con la cabeza y se agarró con fuerza a las sábanas.

—He cambiado de opinión —le dijo Gabe entonces, agarrándola por las caderas.

—¿Con respecto a qué? —le preguntó ella casi sin aliento.

—Quiero tenerte en mi cama todas las noches. Así. Rogándome.

Abby arqueó la espalda, incapaz de pensar con claridad.

—Te necesito —gritó.

—Entonces, entiendo que estás de acuerdo —le dijo él, volviendo a acariciarla con la lengua.

–Esto es una tortura –le dijo Abby, apoyándose en los codos, casi sin respiración.

–Sí –admitió él–. Te torturaré hasta que admitas que me deseas.

–Ya lo he hecho –protestó ella, abrazándolo con las piernas por la cintura.

Él se las bajó y negó con la cabeza.

–No quiero que mi esposa se vaya por ahí con el jardinero, ni con nadie más. Lo nuestro funciona demasiado bien en la cama.

Ella intentó asimilar sus palabras. Se dijo que Gabe estaba reconociendo que era especial, diferente y adictiva ella también.

–Yo tampoco quiero un marido que vaya por ahí con nadie.

A él le brillaron los ojos y asintió mientras volvía a empujarla con su erección.

–Trato hecho –añadió, moviéndose con más fuerza en su interior.

Luego la besó apasionadamente. Y con cada movimiento, cada caricia, cada beso, la llevó más y más cerca hacia el abismo, hasta hacerla gritar de placer.

–Gabe –murmuró ella, mirándolo–. ¿Es esto normal?

No tenía más experiencia que los dos encuentros con él, pero si el sexo era así, le parecía increíble.

–No, *tempesta*. Nada de esto es normal.

Y Abby se sintió aliviada al oírlo. Se alegraba de ser diferente, incluso para él. Quería preguntarle si él se había sentido así antes, si había sentido lo mismo la primera vez que habían estado juntos, si sabía por qué la sensación era tan sumamente increíble.

Pero entonces volvió a besarla y ella se rindió completamente al placer. Un placer que iba creciendo en su interior. Dijo su nombre una y otra vez, arqueó la espalda y lo besó como si su vida dependiese de ello.

Gabe buscó sus pechos con las manos, se los acarició y ella notó que el placer volvía a crecer hasta no poder soportarlo más.

Y cuando empezó a romperse, Gabe lo hizo también, jurando entre dientes y apretándose con fuerza contra ella. Abby gritó y él se echó a reír y la besó. No fue un beso de pasión, sino solo para hacerla callar.

Ambos respiraron al unísono, agotados.

Abby pensó que no había sentido un placer así en toda su vida, y que Gabe había tenido cuidado con ella en Nueva York. Había tomado su inocencia lentamente, con suavidad, controlando sus propios deseos para complacerla e iniciarla en las artes amatorias.

—Ha sido increíble —le dijo.

Él seguía tumbado encima, respirando profundamente, y Abby se preguntó si se habría quedado dormido. Entonces la miró a los ojos.

—Eres mía —le dijo con voz ronca, muy serio—. No quiero volver a verte hablando con Hughie como si fuera tu amante…

—Gabe… —empezó ella, sonriendo—. ¿Cómo puedes pensar en eso después de lo que acabamos de compartir? ¿Quién piensas que soy?

–Olvidas, Abigail, que sé de lo que eres capaz y que no tengo motivos para pensar bien de ti.

Y aquello la hizo sentirse mal.

Se apartó de él, salió de la cama, pálida, con los labios apretados.

–¿Cómo te atreves a insultarme después de lo que acaba de ocurrir? –inquirió entre dientes.

–Ha sido solo sexo –respondió él, encogiéndose de hombros–. Un sexo fantástico, pero que no cambia quién eres.

Abby se apartó de él, buscó su ropa.

–No sabes nada de mí –espetó, empezando a vestirse.

Él se echó a reír.

–Sé todo lo que necesito saber –la corrigió.

–Ah, ¿sí? Ilumíname –le exigió, poniéndose los pantalones vaqueros.

–No hace falta que te ilumine. No eres tonta.

–Vaya, me alegro de que pienses así.

Gabe frunció el ceño, aunque su expresión era divertida.

–Tal y como nos conocimos, no puedo cambiar lo que pienso de ti –le dijo–, pero esto… ha sido un rayo de esperanza.

Abby tomó el jersey y lo sujetó con la mano.

–¡Eres un cerdo! Eres frío y despiadado, y cruel. ¿Cómo puedes pensar que nuestro matrimonio va a funcionar si me hablas así?

–¿Acaso he dicho algo que no sea verdad?

–No me conoces –repitió ella con frustración–. ¡Ni siquiera has intentado conocerme!

–Me engatusaste para que me acostase contigo.

Hiciste fotografías de documentos que eran confidenciales. Y planeabas pasárselos a mi competencia...

—Ya lo sé —le dijo ella, a punto de llorar—, pero si te hubieses molestado en intentar comprender la relación que tengo con mi padre...

—Todos tenemos una historia —replicó él con determinación—. Tú permitiste que la tuya te controlara.

Gabe tenía razón y ella lo sabía, lo que la enfadaba todavía más. Se puso el jersey con movimientos bruscos, furiosa, arrepentida también.

Y entonces oyó el ruido de algo al caer al suelo y romperse como acababa de romperse su corazón.

—¡Oh, no!

Supo inmediatamente lo que había ocurrido.

Se giró y vio uno de los adornos navideños que había comprado en el suelo mientras que el otro se balanceaba peligrosamente. Lo colocó sobre el tocador con cuidado y después se arrodilló y recogió los pequeños trozos de cristal.

—Para —le gritó Gabe, saliendo de la cama y agachándose a su lado.

Pero Abby no lo oyó. Intentó contener las lágrimas.

—Mira lo que he hecho, por tu culpa —replicó.

—¿Qué era? —le preguntó Gabe—. Déjalo, vas a hacerte daño.

En ese momento uno de los cristales se clavó en su piel y una gota de sangre cayó al suelo.

—Maldita sea —dijo Gabe, agarrándola de las muñecas y haciendo que se incorporase—. Siéntate.

La dejó en el borde de la cama y desapareció en

el baño. Volvió con pañuelos de papel y se los tendió.

–Presiónate la herida.

Abby hizo una mueca y apartó el rostro mientras él recogía los cristales.

Cuando el suelo estuvo limpio, Gabe volvió y se agachó delante de ella.

–¿Qué era?

Ella resopló, se negó a mirarlo a los ojos.

–¿Abby?

El hecho de que la llamase por su diminutivo la sorprendió y lo miró.

–Un adorno navideño –respondió en voz baja–. Era perfecto.

–¿Y dónde lo compraste?

–En una tienda de Fiamatina.

–¿Entonces? Puedes comprar otro, *tempesta*.

–No, no puedo –sollozó ella, sacudiendo la cabeza antes de enterrarla entre las manos.

–¿Por qué no? ¿Solo había dos en la tienda?

–No, había más, pero…

–¿Pero?

–Costaban dinero, ¿vale? Y solo pude comprar dos. Y me encantaban. Eran especiales e iba a ponerlos en el árbol de Navidad para las primeras navidades de Raf, y las siguientes. Y ahora todo se ha estropeado. Todo se ha estropeado.

Capítulo 9

GABE los observó desde su despacho, estaba muy tenso. No habían hablado desde que se había marchado de la habitación de Abigail el día anterior. El enfado de esta había sido desproporcionado, teniendo en cuenta el crimen cometido. No, no había crimen. No había sido culpa suya. Ella había tirado el adorno navideño y después lo había culpado a él, pero nunca la había visto tan enfadada.

Cuando habían discutido en Nueva York su actitud había sido pasiva.

El día anterior se había puesto furiosa.

Y no solo por el adorno, sino por algo más. Por el modo en que él la había tratado, por lo que le había dicho.

Gabe se sentía mal.

Su propia debilidad lo había sorprendido, por cómo había respondido al ver a Abigail con Hughie. En realidad, la conversación entre estos había sido inocente, pero él había actuado como si los hubiese sorprendido in fraganti. Y después la había hecho suya en su habitación, sabiendo que, si no se acostaba con ella, se volvería loco.

Y entonces había hecho lo que había podido para

volver atrás. Recordarse a sí mismo y recordarle también a ella que eran más enemigos que amantes.

Se sintió avergonzado. No le había gustado hacerle daño a Abigail. No le había gustado verla disgustada, enfadada.

Cerró los ojos y revivió la pasión que habían compartido. Se preguntó por qué la mujer a la que tanto despreciaba tenía que ser, además, la compañera perfecta en la cama. Más que eso, era la madre de su hijo e iba a tener que pasar la vida con ella para hacer feliz a Raf.

Y eso no sería posible si seguía culpando a Abigail de los errores que había cometido en el pasado, no obstante, tampoco podía pasar página sin entenderla mejor. Sabía que no podía confiar en nadie, lo había aprendido en la niñez, y por el momento solo permitía que se le acercase Noah.

Pero iba a tener que hacer hueco para Raf.

Abrió los ojos y los clavó en Abby, que estaba sonriendo y hablando con su hijo, que iba cubierto de capas y capas de ropa, mientras hacía un muñeco de nieve para él. Raf, que tenía las mejillas coloradas, estaba sentado en su sillita.

Gabe la vio tomar un poco de nieve y llevársela al niño a la cara. Raf abrió mucho los ojos y después sonrió. Abby le devolvió la sonrisa y a Gabe se le encogió el estómago. Se preguntó cómo sería sentir aquel cariño.

Él no había conocido el amor de madre.

Ni ningún otro.

Y Abby tenía suficiente para dar y regalar.

Cuando hubo terminado el muñeco, buscó en la

sillita de Raf una bufanda roja y blanca y se la puso. Y algo más, un gorro de Papá Noel.

Estaba haciendo un muñeco de nieve de Papá Noel en su jardín. Gabe se preguntó si siempre se sentiría al margen, si no sería capaz de formar realmente parte de aquella familia.

No creía en el amor porque había visto, ya de niño, cómo este apagaba el alma de su madre, y había jurado que jamás se casaría ni tendría hijos.

Se preguntó si eso excusaba un poco su comportamiento.

Pero una cosa era casarse con Abby y, otra muy distinta, utilizar su inocencia y deseo para llevársela a la cama. Había temblado cuando la había besado. Le había dicho que no se había acostado con nadie más y él la creía. Al quedarse embarazada, no habría tenido muchas oportunidades, pero ¿qué habría ocurrido si él no la hubiese llevado a Italia? Sin duda, habría encontrado a alguien con quien compartir su vida.

Solo de pensarlo sintió acidez.

Sabía que Abby era dócil en la cama, y que él podía ayudarla a olvidar la imperfección de su situación, pero se dijo que aquello era caer demasiado bajo.

Se puso serio. En el fondo sabía que, mientras la tuviese bajo su techo, con su anillo en el dedo, estaría dispuesto a cualquier cosa para tenerla.

Jamás la amaría, ni confiaría en ella. Tampoco la perdonaría. Pero le haría el amor con frecuencia porque era lo que ambos querían. Aquella era la única parte de su plan que tenía sentido, el resto era un campo de minas…

La vio reír de nuevo con Raf y se le hizo un nudo en el estómago. Era suya.

–Tengo que ir a Roma.

Gabe estaba en la puerta de su habitación y Abby dejó de leer y levantó la vista con la esperanza de que su presencia no la afectase demasiado.

¿Solo había pasado un día desde que habían hecho el amor? Miró hacia el tocador, donde reposaba el único adorno navideño que le quedaba.

–¿A Roma?

Se sentó recta en la cama, con el corazón acelerado. Iba vestido de traje, como la noche que se habían conocido, y estaba tan guapo que le costó recordar el motivo por el que estaba enfadada con él. No obstante, hizo un esfuerzo.

–Que te diviertas –añadió en tono frío.

Gabe entró en la habitación, cerró la puerta tras de él y se acercó a la cama. A Abby se le aceleró el pulso.

–Me divertiría más aquí –admitió a regañadientes.

La agarró por las caderas y tiró de ella para acercarla al borde de la cama. A Abby se le cortó la respiración y lo miró con deseo.

–¿Recuerdas lo que hemos hablado? –le preguntó él, acercándose mucho más, casi hasta tocarla.

Ella negó con la cabeza porque en esos momentos no podía pensar y necesitaba ganar tiempo.

Él levantó un dedo y le tocó la mejilla, luego bajó por el cuello para tomarle el pulso.

–Eres mía –le dijo.

Abby separó los labios para contradecirlo, pero entonces Gabe la besó.

–Quiero que compartamos habitación –murmuró él en tono seductor, bajando los labios a su garganta y mordisqueándosela.

Como Abby no llevaba sujetador, Gabe pudo acariciarle fácilmente los pechos y sentir la dulzura de sus puntas erguidas.

–Vas a mudarte conmigo –añadió.

–Ya me he mudado contigo –le respondió ella antes de besarlo.

–Ya sabes lo que quiero decir.

Parecía estar pidiéndole algo sin decirle exactamente lo que quería. Abby inclinó la cabeza a un lado.

–Lo pensaré.

A Gabe le brillaron los ojos, pero decidió no insistir.

Abby deseó acercarse a él, pero Gabe se había puesto muy recto, se había distanciado ya de ella.

–¿Cuánto tiempo estarás fuera? –le preguntó.

–Un día más o menos –le respondió él, retrocediendo, sin dejar de mirarla a los ojos y todavía respirando con dificultad a causa del beso–. Pórtate bien. Y no busques nada relacionado con Calypso en mi ausencia, no hay documentos en el castillo.

Ella lo fulminó con la mirada.

–Era una broma –dijo Gabe enseguida, sonriendo–. Hasta pronto.

Había sido una broma, pero a Abby le había dolido. Todavía no podía creer lo que había hecho aquella noche en Nueva York y tendría que enfrentarse a aquel error durante el resto de su vida. O, al menos, mientras tuviese que continuar con la farsa de aquel matrimonio.

Cuando Gabe se marchó, Abby volvió a tomar su libro e intentó leer, pero no lo consiguió. Menos de una hora después oyó despegar el helicóptero y se acercó a la ventana. Era negro y parecía una enorme águila en el cielo, alejándose de ella y del castillo.

Se dijo que se sentía aliviada por la ausencia de Gabe, que eso le daría tiempo para encontrar sentido a lo que estaba ocurriendo entre ellos, pero en realidad no era alivio lo que sentía.

Se dejó caer sobre la almohada y respiró hondo. Todavía olía a él.

Gimió, no necesitaba analizar sus sentimientos para saber lo que sentía, y que era muy peligroso sentir nada por un hombre como Gabe Arantini. Sobre todo, cuando él le había dejado claro que ni le gustaba ni confiaba en ella.

Y, no obstante…

Al parecer, su corazón no quería escuchar a su cerebro.

A la mañana siguiente se abrigó todo lo que pudo y fue a explorar el bosque que había junto a la casa. Recogió piñas que podría pintar de plateado para decorar el árbol y contó siete ardillas durante el paseo.

Se imaginó a Raf unos años mayor. Se imaginó cómo se le iluminaría el rostro al ver a aquellos animales, cómo intentaría atraparlos. Se le encogió el corazón.

Había hecho bien yendo a Italia, con Gabe. No le había gustado que este la obligase a cambiar de país, pero cuando pensaba en su minúsculo apartamento de Manhattan, sin calefacción, era consciente de que su hijo sería más feliz allí.

¿Y ella? Apartó aquella pregunta de su mente.

Gabe le había dicho a Abby que no tenía que cocinar, pero, para distraerse, buscó una receta en la biblioteca del castillo y preparó una masa para intentar hacer una casa de galletas de jengibre, que, al cocerse en el horno, inundó el castillo de un aroma delicioso.

Era casi de noche cuando terminó. La casa no era precisamente una obra de arte, pero al menos se mantenía en pie. Después subió al piso de arriba, pero en vez de entrar en su dormitorio, pasó al de Gabe.

Este le había pedido que se trasladase a él. ¿Qué era lo que quería?

Era una habitación más grande que la suya, con una cama enorme en el centro, dos sofás a un lado y un enorme ventanal con vistas a los jardines. Abby se preguntó cómo serían aquellos jardines en verano. Era difícil imaginárselos en esos momentos, que estaban completamente cubiertos por la nieve.

No había objetos personales, más allá de la ropa y los artículos de aseo del baño. No había fotografías ni obras de arte en las paredes, solo una televisión de pantalla plana. La encendió con desinterés y vio un canal de noticias en italiano. Se sentó en el borde de la cama y se preguntó si alguna vez entendería aquel idioma.

Horas más tarde aceptó que Gabe no iba a volver al castillo aquella noche.

Decepcionada, se duchó y se puso un pijama, y después se metió en su propia cama.

Se quedó dormida soñando con Gabe y se despertó sobresaltada a medianoche. Se sentía desorientada. Encendió la lamparita y comprobó que estaba en su cama, sola, y no pudo volverse a dormir.

Al amanecer, agotada, salió de la cama, se duchó y se vistió.

Las distracciones del día anterior solo habían funcionado hasta cierto punto.

Pasó una hora con Raf y después se puso unas mallas y una camiseta cómoda y fue a la habitación que había junto a la cocina.

El ballet la ayudaría.

Escogió una pieza de *Les Petits Riens* con la que castigarse y cerró los ojos antes de empezar a moverse con la música de Mozart.

«Vas a ser una estrella, Abs. Como tu madre».

Frunció el ceño al recordar aquello y se detuvo. Los ojos se le llenaron de lágrimas al pensar en su padre, al pensar que lo había dejado solo en Estados Unidos, y que él era tan testarudo que la había dejado marchar. No, no la había dejado marchar, la había echado de su vida.

Gimió e intentó apartar aquello de su mente, volvió a ponerse a bailar y se esforzó todavía más y más, haciendo un *grande jeté* en el aire antes de aterrizar graciosamente en el suelo.

¿Había sabido que Gabe la observaba?

No.

No obstante, no le sorprendió verlo en la puerta, como la primera vez que había bailado allí. Abby se quedó inmóvil mientras la música los envolvía a ambos.

—Continúa —le pidió él en tono desesperado.

A Abby no le gustaba que Gabe le dijese lo que tenía que hacer. O sí, se ruborizó al reconocer que en el fondo le gustaba mucho, pero quería demostrarle que era libre de hacer lo que quisiera. Sintió su desesperación, su deseo, y volvió a bailar.

Pero no cerró los ojos en aquella ocasión. Si Gabe iba a estar allí mirándola, ella quería verlo a él también. Recordó por una vez cómo había sido actuar, el bonito vestuario, el dolor de pies, la atención del público, la adoración de los demás bailarines. A pesar de los celos, la manera de bailar de Abby había sido tan bella y natural que la mayoría de sus compañeras había llegado a aceptar que era distinta a las demás.

Tras media hora bailando, la música se detuvo y Abby realizó el paso final y terminó también, con la mirada clavada en la de Gabe.

Esperó, contuvo la respiración, sin saber qué decir, sintiendo que algo había cambiado entre ellos.

—Eres… —empezó él, frunciendo el ceño, emocionado—. Ha sido increíble.

Y ella se sintió halagada porque sabía que Gabe Arantini no regalaba cumplidos.

–Gracias –le respondió–. ¿Qué tal en Roma?

Él inclinó la cabeza hacia delante y Abby no supo qué significaba aquel gesto.

–¿Qué tal Raf?

Ella sonrió, no pudo evitarlo.

–Estupendamente.

Gabe arqueó una ceja.

–A ti te veo bien. Menos cansada.

–Bueno, la ayuda de la niñera siempre viene bien –admitió.

Él asintió.

–También pienso que Raf se ha acostumbrado ya a estar aquí.

–Bueno, solo han pasado unas semanas, pero, sí, parece estar adaptándose bien.

Gabe frunció el ceño y ella tuvo la sensación de que quería decirle algo, pero no sabía cómo. Así que fue ella la que habló.

–Voy a darme una ducha.

Él asintió, pero cuando Abby casi estaba en la puerta, la agarró por la muñeca y le preguntó:

–¿Has dormido en mi cama?

Ella parpadeó, sorprendida por la pregunta.

–No.

Gabe chasqueó la lengua.

–Y yo que me había imaginado que sí.

Abby tragó saliva.

–Me resultaba extraño.

Él la miró fijamente antes de añadir:

–No importa. Puedes hacerlo esta noche.

A ella se le encogió el estómago.

–Ahora tengo que trabajar –añadió Gabe–.

¿Quieres comer conmigo más tarde? Me gustaría hablar de algo contigo.

—De acuerdo —le dijo ella, presa de la curiosidad.

Abby dio un paso hacia la puerta, pero, en vez de dejarla marchar, Gabe la atrajo hacia su cuerpo.

—¿Me has echado de menos? —le preguntó en voz baja, enterrando los dedos en su pelo.

—Solo has estado fuera una noche —respondió ella.

—¿Solo? Se me ha hecho muy largo.

Capítulo 10

EL COSQUILLEO que tenía en el estómago le hizo difícil concentrarse, casi ni se fijó en la mesa a la que la habían conducido, en una parte del pasillo que todavía no conocía. Abby se dijo que el balcón que había en aquella habitación sería un buen lugar cuando mejorase el tiempo, pero en esos momentos estaba cerrado y solo les permitía disfrutar de las vistas al bosque. Había empezado a nevar de nuevo. La mesa era redonda, suficientemente grande para acomodar a seis personas, pero en ella solo había dos servicios.

Tomó aire y se dijo que era ridículo estar nerviosa. El anillo de compromiso que Gabe le había dado brilló en su dedo y Abby intentó tranquilizarse estudiándolo, pero era tan perfecto que solo consiguió ponerse todavía más nerviosa.

El empleado que la había llevado hasta la mesa le había servido una copa de vino y Abby le dio un sorbo, agradecida por poder tener algo en las manos. El líquido estaba frío y, no obstante, la calentó por dentro. Cerró los ojos y volvió a respirar profundamente. Cuando los abrió vio a Gabe entrando en la habitación, con una enorme bolsa negra en una mano.

—Siento llegar tarde —le dijo este.

Ella sonrió.

—No pasa nada.

Él asintió y se sentó enfrente de ella. El empleado volvió a aparecer de repente y le sirvió vino. Él miró al hombre con el ceño fruncido.

—Podemos arreglárnoslas solos, preferiría que no se nos interrumpiese.

Abby frunció el ceño de manera instintiva.

—No pareces de esas personas a las que les gusta tener servicio.

Gabe arqueó una ceja.

—Tengo cuarenta mil empleados.

—No me refería a tu trabajo, sino a la casa —le explicó ella.

—Uno se acostumbra —comentó él, encogiéndose de hombros.

—Yo no sé si podría.

—No sabes si podrás, quieres decir —la corrigió Gabe.

Ella asintió.

—Seguro que en tu casa había servicio —le dijo él.

—No —rio Abby—. Mi padre odia la idea de tener la casa llena de extraños. Aprecia mucho su intimidad.

Al hacer referencia a Lionel Howard algo cambió en el ambiente, se puso tenso.

Gabe suspiró.

—Cuéntame cómo empezó todo.

—¿El qué? —le preguntó ella.

—Que vinieras a verme. ¿Qué te dijo tu padre?

A Abby se le hizo un nudo en el estómago. No fue capaz de mirarlo a los ojos.

–¿Por eso querías comer conmigo?

Gabe frunció ligeramente el ceño.

–Es normal que sientas curiosidad –añadió ella.

–No la sentía, pero como lo has mencionado…

Abby asintió. Al fin y al cabo, había decidido que tenía que ser sincera con él para que Gabe pudiese entender por qué había hecho lo que había hecho. Aunque, por supuesto, ella también sentía curiosidad.

–Ya te lo conté… –empezó–. Mi padre se vino abajo cuando surgió tu empresa. Os echó la culpa de todos sus males.

–No me estás contando nada nuevo –le dijo él–. Tienes suerte de que tu padre fuese a por mí en vez de a por Noah.

–¿Por qué?

Gabe pensó en su mejor amigo y frunció el ceño.

–Porque Noah es…

Ella esperó, lo observó con interés.

–Noah y yo somos muy parecidos, pero él no finge nunca ser una persona civilizada. Se habría ocupado de ti si lo hubieses engañado.

–Yo no te engañé.

Él ignoró aquel comentario.

–No obstante, Noah te habría visto venir. Eso se le da mejor que a mí.

Abby palideció.

–Y te odiaría por lo que tenías planeado hacer.

Abby agarró el tenedor con fuerza, le dolía la cabeza.

–Siento oír eso. Es tu mejor amigo, ¿no?

–Es mi… sí.

–¿Y le has contado lo nuestro? ¿Le has hablado de Raf?

Gabe bajó la mirada.

–No.

–Tiene… sus propios problemas –respondió sin más.

Abby no hizo más preguntas, lo conocía demasiado bien como para saber que Gabe solo le contaría lo que quisiese compartir con ella.

–Mi padre no fue a por ti –dijo entonces Abby–. Solo quería información. No pretendía hacerte daño.

–Quiso hundir mi negocio. ¿No piensas que eso me habría hecho daño?

–Él no lo veía así –insistió Abby–. No pensó en absoluto en ti. Solo le importa su propio éxito. Durante años, fue el número uno, y cuando apareciste tú…

–Hombre, algo pensaría en mí, cuando te envió de espía.

–¿Pero estás entendiendo lo que te quiero decir? –inquirió ella con impaciencia.

–Entiendo las excusas que estás poniendo, y que lo que hiciste, lo hiciste por amor a tu padre, no por odio hacia mí.

–¿Odio? –repitió ella, alargando la mano para tocar la de él–. Jamás te he odiado. Incluso antes de conocerte, ya me fascinabas, Gabe. Tu… fuerza y tu éxito, tu ética, tu estilo de vida.

Se ruborizó.

–Eras mi polo opuesto en todos los aspectos. No hizo falta que mi padre me convenciese mucho de que fuese a conocerte…

Gabe tragó saliva.

–Y, no obstante, viniste con la intención de averiguar toda la información que pudieses y dársela a tu padre.

Ella se mordió el labio y asintió.

Y cuando Gabe la miró con desaprobación, corrió a añadir:

–Pero solo al principio, Gabe. A los quince minutos de conocerte ya no quería llevar el plan a cabo.

Apartó la mano porque aquel gesto íntimo le resultaba discordante de repente.

–Me acosté contigo porque quise –añadió.

–¿Me querías a mí o a Calypso?

–Gabe, tienes que creerme. Lo que ocurrió aquella noche entre nosotros fue… ¿No lo sentiste?

–¿El qué, *tempesta*? –la retó él.

–Una conexión –admitió ella, mirándolo a los ojos–. Sentí algo por ti en cuanto hablaste conmigo, en cuanto nos tocamos, cuando me hiciste reír… Quise que tú fueras mi primer amante.

–Me dijiste que estabas cansada de ser virgen –le recordó él.

–¿Piensas que no había tenido otras oportunidades en el pasado? ¿Que eres el primero que me sonrió?

Él la miró fijamente y notó calor en las mejillas.

–No lo sé –respondió, encogiéndose de hombros–. Aquella noche no le vi sentido. Sigo sin hacerlo.

–A mí no me interesaba el sexo –le dijo ella–. Estaba demasiado ocupada con el ballet y, cuando lo dejé, tampoco me sentí atraída por nadie. Todas mis amigas habían tenido varias relaciones y los chicos a los que conocí tenían, evidentemente, más experiencia que yo, así que me daba vergüenza...

–No te dio vergüenza conmigo.

–Porque tuve la sensación de que te conocía –le explicó ella, preguntándose si Gabe no había sentido lo mismo.

–Abigail... –le dijo él, suspirando, pasándose los dedos por el pelo–. Ten cuidado.

–¿Cuidado, por qué?

–Porque estás hablando como una romántica empedernida –le respondió él, sonriendo de manera casi burlona–. Una conexión. Como si yo fuese tu príncipe azul.

Gabe se echó a reír, aunque, al mismo tiempo, se le había encogido el corazón al oír la descripción de Abby de su primera noche juntos.

–Vamos a casarnos, por nuestro hijo –continuó–. Y lo último que quiero es hacerte daño.

–Solo intentaba explicarte... –le dijo ella.

–¡Maldita sea! Abigail, escúchame.

Gabe hizo un esfuerzo por suavizar su tono de voz.

–Jamás podrás explicar lo que hiciste. Lo que pretendiste hacer. Te agradezco que no hicieras exactamente lo que tu padre quería, pero viniste a mí con un objetivo: traicionarme. Y todo lo demás no importa. Si no te hubieses quedado embarazada, si no tuviésemos un hijo en común, no estaríamos aquí, manteniendo esta conversación. Ni esta, ni ninguna. Lo comprendes, ¿verdad?

Ella se quedó inmóvil.

—¿Cómo me puedes decir eso? —le preguntó en voz baja—, después de lo que compartimos el otro día.

La sonrisa de Gabe fue casi comprensiva.

—Te advierto por tu propio bien que intentes recordar que el sexo y el amor son dos caras opuestas de la moneda.

Aquello la dejó meditabunda. No pensaba que lo suyo fuese amor, pero sí que era más que sexo. Cuando estaban juntos sentía que todo tenía sentido y le extrañaba que para él no fuese igual.

—Supongo que sé poco del tema —comentó—. Tú, por el contrario, tienes mucha más experiencia.

—Sí —admitió Gabe, alargando la mano para rellenar la copa de vino de Abby, que, sin darse cuenta, había estado bebiendo mientras hablaba—. ¿Se enfadó mucho cuando volviste a casa con las manos vacías?

Abby tardó unos segundos en darse cuenta de que Gabe había vuelto a la conversación anterior. Ya no tenía ganas de hablar de su padre.

—Sí. ¿Estuviste en una familia de acogida en Australia? —le preguntó.

—Sí.

—Pero ¿naciste aquí, en Italia?

—Sí.

Abby frunció el ceño.

—¿Y cómo terminaste en Australia? Lo normal habría sido que te quedases en tu país cuando perdiste a tu madre...

—Ella había emigrado a Australia —le respondió

él–. Era australiana de nacimiento y seguía teniendo familia allí. Al menos, un primo.

–¿Y cómo falleció?

Se dio cuenta de que la pregunta no era nada oportuna y le echó la culpa al vino y al hecho de que Gabe hubiese dicho que su relación era solo sexo...

–De una sobredosis –respondió Gabe en tono frío.

–Lo siento –le dijo ella, tocando su mano–. Debió de ser horrible.

–¿Horrible? –repitió él, mirando sus manos como si fuesen algo extraño–. Es una manera de describirlo, sí.

–¿Teníais buena relación?

–Como cualquier niño con su madre –le respondió él, mirándola a los ojos.

Abby asintió.

–Puedes seguir haciéndome preguntas –la alentó Gabe.

–¿Hacía mucho tiempo que consumía drogas?

–No.

Gabe tomó su copa y le dio un sorbo. El silencio los envolvió, pesado y triste.

Y solo se rompió cuando llegó uno de los empleados del castillo con un carrito cargado de comida. Fue dejando los platos encima de la mesa y Abby observó a Gabe e intentó imaginárselo con ocho años.

Cuando el empleado se marchó, ella volvió a hablar.

–¿Y tú sabías que tenía un problema con las drogas?

Gabe estaba tenso.

—Yo era solo un niño. Supongo que sabía que algo iba mal, pero no entendía el qué. Empezó un año antes de que nos mudásemos a Australia, y empeoró una vez allí.

Abby cambió de postura en la silla y, sin querer, su pie rozó la pierna de Gabe por debajo de la mesa. Él la miró con deseo, pero Abby no quería distraerse, necesitaba seguir con la conversación. Tenía la sensación de estar a punto de averiguar algo importante, algo que necesitaba saber acerca de Gabe.

—¿Por qué empezó a consumir? —inquirió.

Él se puso recto en la silla, como si hubiese recordado de repente que era Gabe Arantini, el multimillonario dueño de Bright Spark Inc.

—Porque no era feliz.

—¿Por qué no era feliz?

—Porque había cometido el terrible error de enamorarse de mi padre.

—¿Y no eran felices juntos? —le preguntó ella.

—Nunca estuvieron juntos.

Abby frunció el ceño.

—Pero tú me dijiste que habías destrozado a tu padre.

—Sí.

—¿Él le había hecho daño a tu madre?

—Le había destrozado la vida.

—¿Cómo? ¿Por qué?

—Porque ya era padre. Y también abuelo.

Abby frunció el ceño.

—No lo entiendo.

Gaby suspiró, enfadado, y la miró con resentimiento.

–Mi madre era limpiadora. Aquí. En el castillo. Y mi padre era un cerdo que se aprovechaba de las sirvientas siempre que podía.

Abby frunció el ceño, pero no dijo nada, no quiso interrumpirlo.

–Ella lo amaba. Cuando se enteró de que estaba embarazada, se puso muy contenta –continuó Gabe en tono irónico.

–Pero él no se puso tan contento, ¿no? –adivinó Abby.

–No –respondió Gabe, dando otro sorbo a su copa y mirando por la ventana–. Pagó a mi madre para que abortase y, después, la despidió.

–¿En serio?

Él no respondió. La pregunta había sido retórica.

–Tomó el dinero e intentó empezar de cero en un pueblo cercano –le explicó él, mirándola de nuevo–. Fue muy duro. Ser madre soltera, como bien sabes, no es nada sencillo.

–¿Y qué hizo después?

–Lo chantajeó –respondió Gabe–. Él le dio una pequeña cantidad de dinero para mantenerla callada y se negó a vernos. Yo pienso que, en realidad, mi madre no quería el dinero. Lo que quería era que mi padre formase parte de nuestras vidas. Lo amaba de verdad. Él tenía cuarenta y cinco años más que ella y se acostaba con muchas otras mujeres. Con mi madre se portó fatal. Pero supongo que, con el tiempo, le empezó a preocupar qué ocurriría cuando falleciese, si mi madre exigía parte de su herencia.

–¡Habría tenido derecho a hacerlo! –exclamó Abby, intentando no pensar en lo parecida que era su situación a la de la madre de Gabe.

–Sí, pero jamás lo habría hecho. Lo amaba.

–Entonces, ¿qué ocurrió?

–Él la convenció para que volviese a Australia. Le compró los billetes, le dijo que vendría a vernos, que para él sería más sencillo formar parte de nuestras vidas allí. Y le ofreció mucho dinero a cambio de que se marchase de Italia.

El rostro de Gabe estaba encendido por la ira.

–Pero mintió. Lo que quería era deshacerse de ella.

–Pero le dio el dinero…

–Le prometió que se lo iba a dar, pero no llegó a cumplir su promesa.

–Ah.

–Así que supongo que mi madre hizo lo que pudo para aliviar el dolor.

–Gabe… –dijo ella, sintiendo pena por su madre y también por él–. Qué horror.

Gabe asintió.

–Como ya he dicho, mi padre era un cerdo.

–Pero supongo que después debió de cambiar, si te dejó el castillo…

Él dejó escapar una carcajada.

–Tenía noventa años cuando se lo compré. Hacía años que su economía iba mal y era lo único que le quedaba. Así que se lo compré para que antes de morir supiese que era yo quién iba a vivir aquí.

–Oh, Gabe… No sabes cómo lo siento.

–¿Por qué? Hice lo que tenía que hacer. Me vengué. Ojalá su esposa hubiese vivido para haber sabido de mí.

Abby se estremeció.

–¿Y tu padre supo que tu madre había fallecido? ¿Que tú te habías quedado solo en el mundo?

–Sí.

Abby cerró los ojos. Todo aquello le parecía terrible.

–Por eso es tan importante para mí que Raf crezca sabiendo que sus padres lo quieren. Por eso quiero protegerlo y protegerte a ti también –le explicó Gabe–. También tienes que entender que, de haber sabido antes de su existencia, hubiese hecho todo lo posible porque no os faltase de nada. Jamás permitiré que una mujer sufra lo que sufrió mi madre.

Abby asintió, pero no se sintió reconfortada por sus palabras. Gabe quería hacer lo correcto, pero no por ella, sino por su propia madre.

Sintió que se le llenaban los ojos de lágrimas y parpadeó rápidamente para evitar derramarlas.

–Ha pasado mucho tiempo –comentó él, malinterpretando su disgusto–. Ponerse triste no va a cambiar nada.

Abby asintió y se limpió las mejillas con los dedos.

–¿Conociste a Noah cuando estuviste en acogida?

–Sí. Yo ya llevaba mucho tiempo cuando él llegó a la casa. Come algo, Abigail, estás demasiado delgada.

Ella frunció el ceño.

–No siempre tengo tiempo para comer.

–Supongo que has estado muy ocupada. Criar a un hijo tú sola ha debido de ser difícil.

Gabe empezó a servirle comida y ella lo observó con el ceño fruncido.

–Sí.

–¿Y el embarazo?

–También fue duro. Tuve muchas náuseas.

Gabe sacudió la cabeza.

–Tenía que haber estado a tu lado.

–No habrías podido hacer nada para evitar que tuviese náuseas –le respondió ella con el corazón acelerado–. Intenté contártelo.

Él la miró a los ojos.

–Lo sé –respondió, apretando los labios–. Y me alegro. No sé cómo habría reaccionado si hubieses intentado ocultármelo. Me parece que jamás habría podido perdonarte.

Ella tragó saliva.

–Te habrías sentido más o menos como yo cuando me echaron de tus oficinas en Roma –comentó.

–Un grave error por mi parte –admitió él, mirándola a los ojos–. Lo siento, *tempesta*. Tenía que haberte escuchado.

Ella no pudo evitar que sus disculpas la conmovieran. Bajó la vista.

–Tuve ganas de matar a tu padre, ¿sabes? –añadió Gabe en tono tan natural que a Abby le entraron ganas de echarse a reír–. Él tenía que haber estado a tu lado, pero su comportamiento no fue mucho mejor que el de mi padre. No entiendo cómo puedes no odiarlo.

Abby sacudió la cabeza con tristeza.

—Porque es mi padre —le contestó sin más—. Y lo quiero tal y como es.

—No dejas de excusarlo porque no eres lo suficientemente valiente para aceptar la verdad, no te atreves a rechazarlo.

—A mí me parece más valiente luchar por lo que amas —replicó Abby—. Conozco a mi padre y sé cómo se siente. Lo comprendo. Y lo perdono.

Gabe juró.

—Hazme un favor, Abigail, nunca hables así de mí. No me excuses como haces con él. Yo sé que puedo llegar a ser despiadado y cínico, igual que mi padre, y sé que siempre estaré solo en la vida. No importa, soy feliz así. No necesito que tú finjas que hay algo más en mí.

—Nunca estarás solo en la vida —lo rebatió Abby—. Tienes un hijo y muy pronto tendrás una esposa también.

—Sí —admitió él—, pero no vamos a casarnos por amor, sino por sentido común. ¿No es eso prueba suficiente de mi frialdad?

Capítulo 11

ABBY casi no probó las gambas, aunque supiese que estarían deliciosas. Todo parecía preparado con mucho cuidado, utilizando solo los mejores ingredientes, pero ella había perdido el apetito.

A pesar de las palabras de Gabe, ella estaba convencida de que estaban hechos el uno para el otro, que el destino había hecho que tuviesen un hijo, uniéndolos para siempre.

—Siento que hayas tenido problemas de dinero —añadió Gabe, ajeno a sus pensamientos.

—Sí, la verdad es que no se gana mucho trabajando en una cocina.

—No me refería a Nueva York —le dijo él—, sino aquí, en Italia. No había pensado en ello y lo lamento.

Buscó en la bolsa que tenía a su lado y sacó un monedero negro.

—Te he hecho varias tarjetas de crédito —le dijo, dándole el monedero—. No tienen límite. Compra lo que necesites: vacaciones, coches, si quieres volver a Estados Unidos a ver a… tu padre, o a quién quieras.

Abby se estremeció. Era evidente lo que sentía

Gabe. Iba a casarse con ella, pero no pretendía amarla ni preocuparse por sus necesidades.

Ella le devolvió el monedero.

—No necesito nada.

Gabe se inclinó hacia delante.

—Ya me has demostrado que no eres una mercenaria, Abigail. ¿No me dirás que prefieres tener que pedirme dinero cada vez que quieras hacer un viaje?

Ella cerró los ojos, había pensado que viajarían juntos, pero se había equivocado. Había intentado evitarlo, pero se había enamorado de él y no era correspondida. Lo único que sentía Gabe era responsabilidad.

—Quiero que tengas una buena vida —continuó él—. No quiero que te sientas como una invitada aquí. Esta es tu casa, es tu dinero. Nuestro hijo nos ha unido para siempre, *tempesta*.

—*Tempesta* —repitió ella, distraída—. ¿Qué significa eso?

—Tormenta —le dijo él, esbozando una sonrisa—. La noche que nos conocimos pensé que habías llegado a mi vida como una tormenta. Y sigo sintiéndolo así.

Ella pensó que aquello no significaba nada en realidad.

—¿Le has contado a tu padre que vamos a casarnos? —le preguntó Gabe.

Abigail negó con la cabeza.

—No tuve tiempo antes de que nos marcháramos y…

—En realidad no quieres que lo sepa —concluyó Gabe.

–Él lo odiaría y me da miedo que sea la gota que colma el vaso. Desde que perdió a mamá solo se ha dedicado a… trabajar y a…

–Odiarme a mí –terminó Gabe en su lugar.

–Sí. Cuando se enteró de que estaba embarazada y de que tú eras el padre fue… un duro golpe para él.

Gabe frunció el ceño.

–Y si se enterase de que vivo aquí contigo. No quiero ni pensar cómo reaccionaría.

Abby se dio cuenta de que Gabe estaba furioso de repente y no entendió el motivo.

–¿No esperarás que nuestro matrimonio no se haga público? le preguntó Gabe . Soy una persona muy conocida y tú también. Tu padre se va a enterar. ¿No será mejor que le des la noticia tú?

–No –respondió ella, negando con la cabeza–. No se puede enterar.

–Pero eso es muy poco probable.

–Poco probable, pero no imposible.

Oyó un grito aterrador y se sentó muy recto en la cama. Se pasó la mano por el rostro e intentó entender qué era lo que lo había despertado. Se giró y vio a Abby llorando. Alargó la mano y la sacudió suavemente.

–Despierta, Abby.

Ella siguió dormida, con los ojos cerrados.

–Estás soñando.

Abby murmuró algo, pero Gabe no logró comprenderla, así que le dio un beso. Ella respondió al instante. Lo abrazó por el cuello y entonces abrió los ojos.

—Has tenido una pesadilla.

—¿Sí? —preguntó ella, frunciendo el ceño—. Me ocurre a veces. Empezó cuando murió mi madre.

Gabe se tumbó en la cama y la miró.

—¿Sueñas con ella?

—Sí y no. Mi madre aparece siempre, pero lejos. Me mira desde una ventana, o me habla, pero no consigo verla. ¿Te parece que tiene sentido?

—Los sueños no suelen tenerlo.

—Hacía mucho tiempo que no me ocurría —admitió, tragando saliva—, pero últimamente he pensado mucho en ella. Habría querido mucho a Raf.

Gabe sonrió, pero en el fondo se sentía mal. No quería que su esposa fuese infeliz.

—¿Tú... echas de menos a tu madre? —le preguntó ella.

Gabe se encogió de hombros.

—Hecho de menos el papel que habría desempeñado en mi vida.

—Debió de ser muy duro para ti —comentó Abby, acariciándole el hombro—, ver a tu madre tan triste y saber que tu padre era la causa...

—La causa era ella misma —la contradijo Gabe—. Tenía que haber tomado el dinero y haberse marchado. Tenía que haber empezado de cero.

—Empezar de cero no es sencillo.

—Sí. Ahora, duérmete, *tempesta*. E intenta tener dulces sueños.

La abrazó y la apretó contra su cuerpo y pensó

que, aunque no podía devolverle a su madre, si podía ayudarla a no tener más pesadillas.

Gabe miró por la ventana de su despacho sin ver. Aunque las vistas eran las más bonitas del mundo, se había acostumbrado a ellas.

También se había acostumbrado a tener a Abby en su cama, a que fuese suya, aunque solo hacía unos días que había vuelto de Roma.

Ella no ocultaba lo mucho que lo deseaba y Gabe se alegraba de ello.

Le había preocupado que Abby pudiese confundir la química que había entre ambos con amor, pero ella parecía entender bien la situación.

Y él dudaba que el deseo fuese a disminuir con el tiempo.

De hecho, estaba ocurriendo todo lo contrario. Cuanto más estaba con ella, más la deseaba. Pero solo por las noches. Con la llegada del día, era consciente de su situación real y todo cambiaba entre ambos. Abby se distanciaba y se ponía tensa, pasaba mucho tiempo con Raf o leyendo en su habitación. Y él lo sabía porque Monique había empezado a preocuparse por ella.

—Parece distraída y cansada. Y no hace falta que pase tanto tiempo con el bebé, seguro que tiene cosas más importantes que hacer. Tiene que organizar la boda.

Pero a Abby no le interesaba lo más mínimo organizar la boda.

De hecho, le había dicho que quería que fuese lo

más íntima posible, ellos dos y Raf, y un par de empleados domésticos como testigos. No quería invitados ni celebraciones. Y cuando él había mencionado la luna de miel, Abby había palidecido y había comentado que ya vivían como si estuviesen casados y que, además, no había lugar en el mundo más idílico que el castillo.

Él llevaba días dándole vueltas a la situación y tenía que admitir que se sentía mal.

Había llevado a Abby a Italia convencido de que era lo mejor tanto para ella como para Raf y para él, pero cada vez lo tenía menos claro. Abby se había dedicado a decorar la casa para Navidad y había empezado a cocinar platos típicos navideños, pero aquellas eran las únicas señales de que se estaba adaptando a la nueva situación.

Pero ¿qué le había respondido ella cuando le había recriminado que pasase tiempo con Hughie?

—Es el único que es agradable conmigo…

Gabe se sintió incómodo, no estaba seguro de saber cómo ser agradable, ni de ser nada de lo que Abby necesitaba.

Llamaron a la puerta y se giró, esperando ver a alguno de sus empleados, pero era Abby y, como de costumbre, su cuerpo respondió al instante.

Ella se ruborizó.

—¿Llego en mal momento?

—En absoluto —respondió él, indicándole que se sentara enfrente de él, pero Abby negó con la cabeza.

—No tardaré mucho.

—¿Qué ocurre?

Gabe rodeó su escritorio y apoyó las caderas en él. Se dio cuenta de que Abby clavaba la vista en sus pantalones y se sintió mejor.

Ella también lo deseaba.

Y siempre lo desearía en la cama.

—Sé que Raf todavía es pequeño, pero estas van a ser sus primeras navidades y quiero que sean especiales. No las recordará, lo sé —añadió enseguida—, pero me gustaría que nos hiciésemos unas fotos y ponerlas en su habitación. Tú quieres que tenga una familia... y yo también. Quiero que sepa que hemos sido una familia desde que nació.

Él asintió, pensativo.

Últimamente pasaba mucho tiempo pensando.

Pensando en Abby y en las cosas que esta le había dicho. Le había calado hondo sin darse cuenta y la sensación no le gustaba, pero no podía echarle la culpa a ella, lo que tenía que hacer era recuperar el control.

—El caso es que... me preguntaba si podría ir a Fiamatina hoy o mañana a comprarle un regalo.

Se ruborizó, parecía incómoda.

—Solo un detalle —continuó—, un cuento o un juguete. No necesita mucho, la verdad. La idea es más bien darle algo.

A Gabe le sorprendió que no se le hubiese ocurrido a él a pesar de que Abby había convertido su casa en la guarida de Santa Claus.

—Yo te llevaré —le respondió.

Con un poco de suerte, también encontraría el regalo perfecto para ella, dado que aquello le parecía tan importante.

—No hace falta. Estás muy ocupado. Puedo ir yo sola.

Gabe se echó a reír.

—¿Has conducido alguna vez con nieve, Abigail? —le preguntó, mirándola a los ojos.

—No, pero tendré cuidado.

—No pienso permitir que arriesgues tu vida.

—Jamás haría nada peligroso. Estaré bien.

—Yo me aseguraré de ello —insistió Gabe—. ¿Estás lista?

—¿Te han dicho alguna vez que eres muy mandón?

—Me parece que sí.

Abby lo fulminó con la mirada.

—Estás ocupado y yo tengo que aprender a conducir antes o después…

—Pero no hoy.

A Gabe le encantaba verla enfadada, le puso la mano en la espalda y la acercó más a él y cuando Abby abrió los ojos con sorpresa y dio un grito ahogado, la besó.

Y ella se rindió al instante, lo abrazó y apretó las caderas contra las de él.

Afortunadamente, llevaba puesto un vestido y no los habituales pantalones vaqueros, y él se lo levantó con desesperación e hizo que lo abrazara con las piernas por la cintura.

Le susurró al oído, en italiano, palabras que después no podría recordar, palabras que le salían de dentro, mientras le apartaba la ropa interior y entraba en ella.

—Te necesito, Gabe —gimió ella, rompiendo el beso y mirándolo a los ojos.

Y ambos empezaron a moverse y a acariciarse con desesperación, llegaron al orgasmo juntos.

–Oh, Dios mío –murmuró Abby, entrando en razón–. ¿Qué hemos hecho?

Gabe se puso recto y sonrió.

–Bueno, no es la primera vez que lo hacemos…

–Pero no hemos utilizado protección –le dijo ella, apoyando la cabeza en su hombro–. Ha sido una tontería.

–¿Una tontería? A mí se me ocurren maneras mucho mejores de describirlo.

–No lo entiendes –insistió Abby–. No utilizo ningún otro método anticonceptivo.

Él la entendió, pero su reacción siguió siendo distinta a la de ella.

–¿Y? Lo único que puede ocurrir es que tengamos otro bebé.

–¿Otro bebé? –inquirió ella horrorizada.

Lo empujó y apoyó los pies en el suelo mientras se alisaba el vestido.

–Sí, otro bebé. O dos. O tres. Ya tenemos a Raf. Y nos vamos a casar. ¿Por qué no más hijos?

–¿Cómo me puedes preguntar eso?

–Tranquilízate, *tempesta*. Te estás comportando como si esto fuese lo peor del mundo y ni siquiera sabes si va a haber alguna complicación…

–¡Es que sería lo peor del mundo! –le gritó ella, notando como el estrés y la confusión que llevaba dentro desde hacía semanas salían al exterior.

Por el contrario, Gabe se había quedado inmóvil, inexpresivo.

–¿Por qué dices eso? –preguntó.

Ella se mordió el labio y se preguntó cómo explicarle lo que sentía, que tenía dudas de que su matrimonio fuese a funcionar, de ser capaz de criar a Raf como el niño merecía.

—Es irresponsable traer a otro niño a esta situación —le respondió bruscamente—. Me quedé embarazada la primera vez y vamos a formar una familia por Raf, pero no tiene sentido tener más hijos. Con Raf es suficiente.

Capítulo 12

GABE decidió llamar a su mejor amigo.
—¿Noah?
—Gabe. ¿Qué ocurre?

Gabe tragó saliva y clavó la vista en su escritorio. Buena pregunta.

—Solo quería saber cómo estás —mintió, nervioso.

Noah ya tenía suficiente con su vida, no necesitaba los problemas de Gabe.

—Bien. Estoy curado, ¿recuerdas?

Gabe frunció el ceño. Tal vez la terapia hubiese funcionado, pero para él era demasiado pronto para decir que estaba curado.

—Me alegro —le dijo, suspirando pesadamente—. Yo...

No supo cómo empezar. Si le decía que iba a casarse, Noah querría saber qué diablos había pasado. Él siempre había dicho que no se casaría jamás.

—¿Nunca piensas en cómo estarán los Sloan?

—¿Esos cretinos? No. No pienso nunca en ellos —respondió Noah en tono enfadado.

La familia de acogida en la que ambos habían estado los había marcado a los dos, por mucho que les pese.

Gabe echó hacia atrás el sillón de piel y cerró los ojos.

—¿Tú sí?

Gabe frunció el ceño.

—He empezado a hacerlo hace poco tiempo. Son prácticamente la única familia que recuerdo.

Nada más decir aquello pensó en la madre de su hijo, en la mujer con la que iba a casarse, y se le encogió el estómago. Él no había tenido suerte ni con su familia biológica ni con la de acogida.

Y en esos momentos iba a casarse con una mujer que quería más de lo que él le podía dar. Iba a casarse con una mujer que merecía más.

—Eran unos cretinos —dijo Noah—. Espero que hayan tenido lo que merecían.

Gabe apretó los labios.

—Yo, no.

—Siempre has tenido un lado sensible.

Gabe se echó a reír. Si Noah hubiese sabido lo que iba a hacer… Iba a casarse porque era lo que tenía que hacer, aunque, en realidad, ni Abby ni él quisiesen hacerlo.

Iban a casarse porque era lo que merecía su hijo. Raf no crecería preguntándose quién era su padre, odiando a su padre. No sentiría por Gabe lo que Gabe había sentido por Lorenzo. No, Raf se sentiría querido.

Y su única esperanza era no arruinarle la vida a Abigail en el proceso. Porque, a pesar de todo lo ocurrido, no quería hacerle daño ni quería arruinarle la vida.

Él no era como su padre, se recordó. Se casaría

con Abigail y le daría una buena vida. Una vida estupenda.

No sería el marido que ella quería ni merecía, pero, antes o después, Abby lo superaría.

La mañana de Navidad fue espectacular en el castillo, todo era perfecto salvo una cosa. Había nevado por la noche y Hughie, que se había marchado a pasar el día con su familia, no estaba allí para limpiar el camino. Una pequeña familia de ardillas corrió por el jardín y Abby observó sonriendo cómo subían a un árbol. En el interior, las luces de su árbol de Navidad brillaban desde muy temprano y el ambiente estaba impregnado de olor a café.

Raf dormía a sus pies mientras Abby se perdía en las páginas de *Persuasión*, su novela favorita. El amor que el capitán Wentworth sentía por Anne Elliot siempre le había calado hondo.

Gabe la habría acusado de ser demasiado sentimental, pero ella siempre había sido una romántica.

Levantó la vista hacia donde estaba sentado él, leyendo el periódico en la tablet, aparentemente absorto en las noticias. Todo era estupendo, salvo por la tensión que había entre ambos.

A Abby se le aceleró el corazón y se le puso la carne de gallina. Respiró hondo y se dijo que todo iría bien, que podía hacerlo. Se recordó que iban a celebrar la Navidad por Raf.

Al fin y al cabo, la idea había sido suya y ya no podía dar marcha atrás.

Su matrimonio iba a funcionar. Cuanto más tiempo pasasen juntos, mejor se le daría fingir que no sentía nada por Gabe.

Este había puesto un regalo debajo del árbol y ella se había preguntado si era para Raf, porque no podía ser para ella...

Abby miró hacia el árbol con el ceño fruncido.

–Sí, *tempesta*. Es para ti.

–¡Vaya! Yo no te he comprado nada –le respondió ella, ruborizándose.

–Es un regalo para los dos.

Ella frunció el ceño de nuevo.

–¿Lo abro?

A Gabe le brillaron los ojos.

–Raf se ha despertado ya. ¿Por qué no nos hacemos esa fotografía que tú querías antes de que se vuelva a dormir?

Abby asintió.

–¿La hago yo...?

–No, yo la haré.

Gabe se sacó el teléfono del bolsillo y lo apoyó en una estantería cerca de la puerta. Después retrocedió hacia donde estaba Abby, que había tomado a Raf en brazos y le estaba sonriendo.

–¿Preparada? –le preguntó Gabe.

Ella asintió y se obligó a sonreír. Estaba con su marido y su bebé, eran sus primeras navidades juntos. El teléfono hizo clic como si se tratase de una cámara antigua. Tendrían una fotografía para recordar aquel momento. Abby siguió con la misma pose, por un instante, fingió que la situación era real. Normal.

Que Gabe iba a casarse con ella porque quería hacerlo, que Raf era fruto de su amor. De repente, se sintió emocionada. Al fin y al cabo, era Navidad.

–Gabe… –empezó, sin saber qué quería decirle.

Sus miradas se cruzaron y él sintió la fuerza de la emoción que los rodeaba.

–Abre tu regalo –le sugirió él, tomando a Raf de sus brazos.

–Se parece tanto a ti.

–Es mi hijo.

Abby asintió y se dio la vuelta, se dirigió hacia donde estaba el regalo. Era una caja grande.

–Ábrelo –la alentó Gabe, acercándose también.

Ella tomó el paquete con manos temblorosas. Lo habían envuelto en una tienda. Deshizo el lazo, abrió el papel y levantó la tapa de la caja. Su gesto se torció nada más ver lo que había dentro.

A pesar de que el vestido estaba doblado, lo reconoció nada más verlo.

–¿Un vestido de novia? –preguntó, sacándolo de la caja.

Era precioso. Ella misma lo habría escogido así. Largo, de encaje, con estilo años veinte, perlas en la espalda.

Pero ¿por qué se lo regalaba Gabe?

Abby se mordió el labio y se giró a mirarlo.

–Querías que el día de hoy fuese especial –le dijo él sin ninguna emoción–. ¿Qué te parece si nos casamos?

Abby lo miró fijamente.

–¿Hoy?

Él se echó a reír.

–Sí, hoy. Bueno, después de que Raf se haya echado una siesta, tal vez. ¿Tendrás tiempo suficiente para prepararte?

Abby se sintió aturdida. Asintió, pero pensó que todo estaba yendo demasiado deprisa. Dejó el vestido encima de una silla y sonrió a Gabe, pero no fue una sonrisa sincera.

–Lo llevaré a su habitación –dijo, alargando los brazos hacia Raf.

–Ya lo hago yo –le respondió Gabe–. Tú ve a prepararte. El sacerdote llegará después de la comida. Monique y Rose harán las veces de testigos, tal y como tú querías.

Abby asintió, pero todo su cuerpo se resistía. No porque no quisiese casarse con él, sino porque no quería hacerlo así.

¡Y necesitaba que Gabe lo entendiese! Porque, si no, ella jamás podría ser feliz.

Pero Gabe ya estaba saliendo de la habitación, hablando a Raf en voz baja, en italiano, de camino a las escaleras. Abby los vio marchar y sintió que el corazón se le encogía todavía más. Se obligó a tomar el vestido y a ir a su habitación.

¿Por qué le resultaba tan complicado procesar aquella situación? Ya habían hablado muchas veces de la boda.

Se dijo que le estaba dando demasiadas vueltas al tema, que lo que deseaba habría sido un milagro y que, por mucho que fuese Navidad, aquello no era un cuento de hadas y ellos no tendrían un final feliz.

Se tomó su tiempo debajo de la ducha e intentó no mirar el vestido a través de la puerta de cristal.

Después de secarse y arreglarse el pelo, recogiéndoselo en un elegante moño, empezó a maquillarse. Iba a la mitad cuando se preguntó si no debería ponerse el vestido antes.

Aquello no se le daba bien y necesitaba que alguien la ayudase. Alguien que supiese de bodas. Aquel debía de ser el motivo por el que las novias solían prepararse con sus madres, rodeadas de amigas.

Se acercó al vestido con los ojos llenos de lágrimas. Su madre tendría que haber estado allí. O su padre. Y algunas amigas, pero se había quedado sin ellas cuando su padre la había desheredado.

En esos momentos tenía un hijo y un prometido que pronto sería su marido, pero no había amor y ella siempre se sentiría sola.

Se le escapó un sollozo y se abrazó con fuerza por la cintura.

Aquello no tenía sentido.

No podía hacerlo. No podía casarse con Gabe. No estaba bien.

Tenía que contarle lo que sentía. Gabe se enfadaría, pero la decisión ya estaba tomada. No podía casarse con él así. Él todavía no la había perdonado por lo que le había hecho y, probablemente, nunca lo haría. No podía casarse con un hombre que la despreciaba, sobre todo, cuando lo amaba con todo su corazón.

No tenía elección: fue a buscar a Gabe cada vez más segura de sí misma. Lo encontró en su dormitorio, vestido de esmoquin.

—Estás muy guapo —le dijo con toda sinceridad, cerrando la puerta tras de ella.

–Gracias –respondió él, frunciendo el ceño al darse cuenta de que iba vestida con vaqueros y un jersey–. ¿No te ha gustado el vestido?

–El vestido es precioso –susurró ella, con los ojos llenos de lágrimas–, pero, Gabe… no puedo casarme contigo.

Cerró los ojos con fuerza y sintió que se le rompía el corazón.

–¿Abigail?

Gabe se acercó, pero no la tocó. No obstante, ella sintió su calor y su fuerza y se obligó a mirarlo.

–¿Qué ha pasado? –le preguntó él.

–Dime por qué quieres casarte conmigo.

–Ya lo sabes –respondió Gabe con el ceño fruncido–. Ya hemos hablado de eso antes.

–En Nueva York –dijo Abby–, pero de eso hace mucho tiempo.

Él frunció el ceño todavía más.

–No ha cambiado nada desde entonces.

–¿Estás seguro?

Gabe frunció el ceño.

–Nosotros hemos cambiado –le dijo ella.

–¿A qué te refieres?

–Yo he cambiado –se corrigió Abby, pensativa–. Estaba agotada y asustada, enfadada y dolida. Muy, muy cansada. Y preocupada por el dinero. No podía pensar con claridad. Y pensé que hacía lo correcto al venir aquí, contigo. Que podía casarme contigo con tanta facilidad como podía ponerme un abrigo nuevo… o un anillo de compromiso.

–Es sencillo –le dijo él–. Tenemos un hijo en común y vamos a casarnos.

–Así dicho, parece que todo es blanco o negro. ¿Qué hay del gris?

–¿Qué gris?

–Todo es gris –le respondió ella–. En Nueva York estabas muy enfadado conmigo ¿y ahora? No sé si sigues enfadado o no. Pasamos las noches juntos, pero durante el día somos como dos extraños en este enorme castillo. Yo no puedo... no puedo casarme contigo si nuestra vida va a ser así.

–Ya veo.

–Y tú tampoco quieres casarte conmigo añadió Abby–. ¿Verdad?

–¿Piensas que soy de los que hacen cosas que no quieren hacer?

–Me refiero a que no te casarías conmigo si no fuese por Raf.

Él la miró fijamente varios segundos y después negó con la cabeza.

–No quiero discutir de otros hipotéticos escenarios.

–Necesito oírtelo decir –continuó Abby–. Necesito que me digas qué ocurriría si no estuviese Raf.

–¿Por qué?

–Dímelo. ¿Qué ocurriría si no existiese Raf, si no me hubiese quedado embarazada? –le preguntó ella, mirándolo a los ojos.

–Está bien, si no fuese por Raf, no nos casaríamos.

A Abby le dolió el corazón. Aquella era la confirmación que había necesitado, pero, después de oírla, no sabía cómo asimilarla. Se preguntó cómo era posible que se hubiese enamorado de Gabe.

–No sé por qué estás complicándolo todo.

Ella se clavó las uñas en las palmas de las manos y miró hacia la pared que había detrás de él.

–No puedo casarme si para ti es solo una decisión pragmática. Si no sientes nada en absoluto por mí.

–Siento muchas cosas –la contradijo él–. Siento el deseo de hacer lo que es mejor para mi hijo. Y para ti.

Abby cerró los ojos. No tenía que haber ido allí.

–Yo no soy tu madre y tú no eres tu padre. Nunca hemos tenido una aventura. Yo no te he pedido que hagas esto y no vas a poder cambiar tu historia casándote conmigo –le dijo–. Quiero que Raf tenga una familia, la familia que ni tú ni yo hemos tenido, pero si me caso contigo no voy a ser feliz, Gabe. Y tú terminarías odiándome por ello, aunque ahora no lo sepas.

–No te odio –le dijo él.

–Sí, sigues enfadado conmigo. Por lo que ocurrió y porque soy la hija de Lionel Howard. Y por haberme quedado embarazada. Y yo no puedo vivir así.

Gabe negó con la cabeza.

–No es tan sencillo. Entiendo el poder que tu padre tenía sobre ti y entiendo el motivo por el que hiciste lo que hiciste aquella noche.

Pero no había dicho que la hubiese perdonado. Abby sabía que jamás confiaría en ella, que jamás la amaría. Y sus palabras no cambiaban nada.

–No puedo casarme contigo –le repitió con todo el dolor de su corazón, sabiendo que era la decisión correcta.

–¿Se puede saber qué quieres de mí? –inquirió Gabe con frustración–. ¡Dímelo y te lo daré! Merece la pena luchar por este matrimonio.

–No hay matrimonio –lo interrumpió ella.

–¡Está bien! No nos casaremos hoy. Solo era una idea. Tómate tu tiempo, planea la boda que quieras, pero…

–El tiempo no cambiará el hecho de que no me amas.

Ambos se quedaron en silencio después de aquello. La expresión de Gabe era de confusión.

–No voy a casarme con alguien que no me ama. Tal vez te parezca muy infantil, pero yo creo en el amor. Quiero estar con alguien que me adore y tú jamás lo harás, ¿verdad?

Por una vez, Gabe parecía haberse quedado sin palabras.

–Mi madre amaba a mi padre –dijo por fin–, y eso la mató. Yo me juré a mí mismo que jamás amaría a nadie.

–Amas a Raf. Y a Noah.

Él torció el gesto.

–No he podido evitarlo.

Ella se dio la vuelta y asintió. Gabe no la amaba y jamás lo haría. Suspiró con tristeza.

–Tú tampoco me amas a mí –le dijo él–. Ese es el motivo por el que este matrimonio tiene sentido. Nos llevamos bien y ambos adoramos a nuestro hijo. Funcionamos estupendamente en la cama e intelectualmente estamos a un mismo nivel. Tú lo sabes todo de mi negocio gracias a tu padre. Yo no podría pedir más.

Abby se llevó la mano a los labios para no dejar escapar un sollozo.

–Parece la receta perfecta –murmuró.

–Me alegra que estés de acuerdo conmigo.

–¡Estaba siendo sarcástica! –replicó–. Ya te he dicho que no voy a casarme si no hay amor.

Abby siguió dándole la espalda y él se dio cuenta de que, una vez más, iba a quedarse solo.

Pero en aquella ocasión no se trataba solo de Abigail.

La idea de que Raf se marchase del castillo, de no poder tenerlo cerca, lo abrumó.

–Los motivos por los que íbamos a casarnos no han cambiado. Yo quiero criar a mi hijo y quiero criarlo aquí. Si tú no quieres quedarte, tendremos que luchar por su custodia.

Abigail cerró los ojos con fuerza y después se giró a mirarlo. Estaba completamente pálida.

–¿Me estás amenazando con quitarme a mi hijo?

–No. No quiero hacerlo, Abigail, pero es mi hijo y quiero formar parte de su vida.

–Y puedes hacerlo. Para eso no hace falta que nos casemos.

–Quiero estar en su vida de manera permanente.

–Entonces ¿qué sugieres? –le preguntó ella.

–Ya lo sabes, que nos casemos, pero si no estás de acuerdo, propón una alternativa tú.

Ella apretó los dientes.

–Yo no voy a separarme de mi hijo.

–Yo, tampoco –le dijo él, poniendo los brazos en jarras–, pero cuando pienses en nuestro futuro, ten en cuenta cuáles son mis recursos si peleamos por la custodia y pregúntate si lo más sencillo no sería que te quedases aquí.

Ella tomó aire.

–¿Me estás amenazando? –inquirió.

–Ya te he dicho que tomes tú la decisión.

A ella se le llenaron los ojos de lágrimas. Tenía un nudo en el estómago.

–Me voy a marchar a Roma un par de días. Ya me dirás qué has decidido a mi regreso.

El teléfono sonó temprano y Gabe despertó desorientado y con dolor de cabeza. Frunció el ceño al darse cuenta de que estaba en Roma.

Miró a su alrededor y vio una botella casi vacía de whisky y un vaso.

Abby.

Recordó lo ocurrido el día anterior.

La discusión, lo que se habían dicho.

La amenaza que él le había hecho.

Y la expresión de Abby cuando le había dicho que lucharía por Raf.

Pensó que ella era joven e inexperta y creía estar enamorada de él. Y, de repente, su propia determinación de no enamorarse jamás le pareció infantil, patética, una estupidez.

Respondió al teléfono, esperanzado.

–Arantini.

–¿Gabe?

La voz no era de Abby.

–Soy Holly Scott-Leigh. La doctora Scott-Leigh –dijo la mujer.

Él sintió pánico por un instante. ¿Les habría ocurrido algo a Raf o a Abby? No, era la terapeuta a la que había ido Noah.

Su amigo estaba pasando por una época difícil y, a excepción de alguna llamada ocasional, Gabe había estado tan inmerso en su propia vida que no se había molestado mucho en pensar en él.

–Sí, Holly, dime.

–Estoy preocupada por Noah –respondió ella con voz temblorosa–. Creo que te necesita. Con urgencia.

Aquello era lo único que habría podido sacar a Abby de su mente.

–¿Por qué? ¿Qué ha pasado?

–Pienso que deberías venir a Londres a verlo. Lo siento, pero es que no sé qué más hacer.

Gabe ya estaba tomando su chaqueta.

–Voy *subito*.

Capítulo 13

ABBY decidió que tenía que quitar el árbol. Había sido una ingenua al pensar que podía decorar la casa y llenar así su corazón cuando este estaba roto en miles de pedazos.

Sin Hughie, tendría que hacer un gran esfuerzo para sacarlo por la puerta, pero no le importó. Lo haría porque, dos días después de Navidad, no soportaba la presencia del árbol allí.

Recogió las luces con cuidado y las dejó encima de una silla y después empujó el árbol hasta que cayó dando un fuerte golpe en el suelo. El olor a pino invadió el aroma, pero ella no lo inspiró. Casi no podía ni respirar.

Gabe llevaba dos noches sin ir por casa.

Ella había pasado la noche de Navidad en un estado casi catatónico, incapaz de comprender lo que había ocurrido. Había pasado el día de Año Nuevo con Raf, esperando a que Gabe volviera, pero no lo había hecho.

Sollozó enfadada y agarró el árbol por la parte más estrecha para intentar llevarlo hacia la puerta.

Este no se movió.

Se puso recta, se pasó la mano por la frente, y oyó el ruido de la puerta a sus espaldas.

–¿Se puede saber qué estás haciendo?

Abby se giró con gesto de dolor y decepción, pero enseguida se recompuso a pesar de que estaba sudando y con el rostro enrojecido por el esfuerzo.

–¿A ti qué te parece? –replicó.

–Abby… –empezó él, acercándose–. Mi avión está esperando en la pista. Cuando estés preparada, te llevaré al aeropuerto.

–¡Cómo te atreves! ¡Cómo te atreves a echarme ahora!

–¿Qué dices?

–Ya sé que no me quieres, lo he entendido, pero no puedo separarme de mi hijo. ¡No me vas a separar de él! Me casaré contigo, pero, por favor, deja que me quede con él.

Gabe la miró como si acabase de apuñalarlo. La agarró de las muñecas y le dijo con voz ronca:

–No voy a separarte de Raf. El niño va a ir contigo. Tenías razón. Lo de la boda es una locura, encontraremos otra manera de hacerlo funcionar.

Abby sollozó porque tampoco se veía capaz de vivir sin Gabe.

–Tengo un apartamento en Nueva York, te puedes quedar con él. Yo ya me compraré otro. ¿Tienes un abogado?

–No –murmuró ella.

–Bien. Puedes utilizar al mío también. Yo contrataré a otro.

–¿Para qué necesito un abogado? No tengo nada que darte y ya me has dicho que me vas a dejar estar con Raf.

–Porque supongo que no querrás tratar directamente conmigo –le respondió él–. Podemos organizar las visitas a través de nuestros abogados. Te mandaré también a las niñeras y cuando Raf venga a verme, que vengan con él, al menos eso le dará siempre cierta continuidad.

–Continuidad –repitió ella sin ningún motivo, solo porque no entendía lo que estaba pasando.

–Ve a hacer la maleta, Abigail. Vuelves a casa, como querías.

Ella pensó que lo que quería era que Gabe la amara, poder formar una familia de verdad con él.

–¿De verdad es lo que quieres? –le preguntó.

Gabe la miró fijamente.

–No quiero hacerte más daño –le respondió él–. Tienes que marcharte de aquí, volver a casa.

A ella se le llenaron los ojos de lágrimas, pero asintió. Gabe tenía razón.

No tardó en recoger sus cosas y buscar a Raf. Cuando bajó, Gabe se había llevado el árbol de Navidad y el recibidor estaba vacío, lo mismo que su corazón.

Pero Abby se dijo que estaba haciendo lo correcto.

No obstante, cuando Gabe se acercó y miró a su hijo, Abby sintió que el corazón se le hacía añicos. Porque él también estaba destrozado al verlo marchar.

–No puedo separarte de Raf –le dijo ella con desesperación–. No está bien.

Él la miró a los ojos.

–Iré a Nueva York con frecuencia. Quiero que tú estés donde puedas ser feliz.

–¿Quieres…?

Le acercó al niño y Gabe lo tomó en brazos y lo apretó contra su cuerpo, se giró para que Abby no viese su expresión, pero ella supo que estaba haciendo un esfuerzo enorme por controlar la emoción.

Después fueron al aeropuerto en silencio y, al llegar, Gabe la miró y le dijo:

–Siento haberte traído a Italia. Cuando me diste la noticia de que tenía un hijo, no supe reaccionar. No tenía derecho a cambiar tu vida como lo hice, ni a manipularte para que te casaras conmigo.

Ella se mordió el labio antes de contestar:

–Y yo siento haberme enamorado de ti.

Él sacudió la cabeza y le tocó la mejilla.

–No lo sientas. No merezco tu amor… no lo quiero, pero eso no significa que no sea un gran privilegio.

Ella sollozó.

–Mándame un mensaje cuando aterricéis –le pidió Gabe, saliendo del coche y dando la vuelta para sacar a Raf–. Y, si necesitáis algo, lo que sea.

Abby no pudo volver a mirarlo, le dolía demasiado.

Fue el anillo de compromiso lo que le hizo reaccionar.

Lo encontró en la mesita de noche y se tumbó en la cama, con la mirada clavada en el techo, pero no logró serenarse. La cama olía a ella, a ellos. Juró y se sentó, frotándose los ojos con las palmas de las manos. Ni siquiera había pasado una semana, ¿cómo iba a seguir así?

Cada vez que cerraba los ojos la veía como en el aeropuerto, muy pálida, aferrada a Raf. Su hijo y la madre de su hijo, a punto de marcharse a la otra punta del mundo.

Se levantó y se fue al estudio. Se sirvió un whisky, pero se limitó a tenerlo en la mano.

Entonces se sintió esperanzado. A Abby le había preocupado quedarse embarazada. Si eso ocurría, tal vez ella cambiaría de opinión y querría casarse con él.

Se bebió el whisky de un trago y se preguntó si tan desesperado estaba por tenerlos allí.

Pensó que lo había hecho todo mal. Había querido demostrar que no era como su padre, pero en realidad era mucho peor. Le había aterrado la idea de perder a Abigail, pero no se había dado cuenta hasta aquel mismo instante, hasta que ya era demasiado tarde.

Juró entre dientes, tiró la copa que tenía en la mano contra la pared y se dijo que ya la había perdido.

Capítulo 14

GABE se quedó inmóvil delante de la puerta de su ático de Manhattan. Estuvo tanto tiempo allí parado que se preguntó si, después de una semana sin ver a Abigail, no se habría vuelto loco. Aquella era su casa, o al menos lo había sido hasta que ella se había marchado de Italia.

Agarró con fuerza el mono de peluche que había comprado para Raf y llamó a la puerta con fuerza.

Ella abrió, tan bella, tan dormida, con el pelo echado a un lado, vestida con una camiseta ancha.

—¿Gabe? –preguntó, frotándose los ojos.

—Es muy tarde, lo siento –le dijo él, sacudiendo la cabeza–. ¿Estabas dormida?

Era una pregunta muy tonta, era evidente que Abby había estado durmiendo.

—¿Qué estás haciendo aquí?

No lo invitó a pasar y él se quedó donde estaba.

—Necesito hablar contigo, Abigail –le dijo.

—¿Ahora?

—Puedo volver por la mañana, si te parece mejor.

Ella frunció el ceño y se apartó, le hizo un gesto para que pasase.

Y él entró antes de que Abby cambiase de opinión. Se quitó la chaqueta y la tiró descuidadamente encima de un sillón.

–He traído esto para Raf –le dijo, levantando el peluche.

–Está dormido, si querías verlo.

–Por supuesto que quiero verlo, pero ya te he dicho que necesito hablar contigo.

Abby frunció el ceño.

–¿Va todo bien? ¿Estás enfermo? ¿O se trata de Noah?

A él se le encogió el pecho. ¿Cómo era posible que no se hubiese dado cuenta hasta entonces de lo comprensiva que era, de lo mucho que se preocupaba por los demás?

–Estoy bien –dijo, sin mencionar a Noah.

–Me alegro. ¿Quieres algo? ¿Un café?

Él negó con la cabeza, pero la siguió hasta la cocina.

–¿Cómo estás tú? –le preguntó.

–Bien –respondió ella, pero apartó la mirada de sus ojos.

–Pensaba que, si me casaba contigo, sería mejor persona que mi padre, pero resulta que soy tan malo como él. O, más bien, peor.

Ella lo miró a la cara, pero no dijo nada, esperó a que Gabe continuase.

–Cuando volví a Italia, después de Navidad, supe que no podía ser responsable de tu infelicidad. Siento haberte dicho lo que te dije. Tuve que mandarte aquí para que fueses feliz. ¿Eres feliz, *tempesta*?

Ella lo miró fijamente a los ojos antes de responder.

–Voy poco a poco.

–No te creo.

Abby sonrió con tristeza.

–Ese parece ser nuestro problema, que nunca me has creído.

–No –admitió él, pasándose la mano por el cuello–. El día de Navidad me preguntaste si te amaba y te dije que no. Nunca he estado enamorado. Nunca me he sentido amado, pero he estado solo y he sido infeliz. Casi toda mi vida ha sido así. Hasta que te conocí.

Abby contuvo la respiración y esperó a que continuase.

–Contigo bajé la guardia. Te deseé, y no solo físicamente. Nunca había sentido algo así.

–Pero yo te mentí.

–Me mentiste –asintió Gabe–. Y yo no pude perdonarte por ello, pero tampoco pude olvidarte. Pasé un año intentando superarlo, pero nada más llegar a Nueva York me puse a buscarte. Encontrarte en el restaurante fue una casualidad, pero tengo la sensación de que no me habría marchado de Nueva York sin ti.

–No digas eso –le pidió ella, sacudiendo la cabeza–. No hace falta que finjas.

–Me pasé un año esperándote, sin mirar a ninguna otra mujer.

A Abby se le hizo un nudo en el estómago. No podía creer lo que estaba oyendo, pero le estaba gustando.

–Llevo mucho tiempo manteniendo las distancias con todo el mundo, *tempesta*. Toda la vida. Y entonces tú viniste a Italia y me relajé, me relajé porque tenía todo lo que necesitaba. A ti a mi lado, a nuestro hijo. Tenía una familia, pero no era consciente del daño que eso te hacía a ti.

—Por eso me dejaste marchar. Lo he entendido, Gabe. No querías seguir haciéndome daño.

—No quería hacerte daño, pero no me di cuenta de lo mucho que iba a sufrir yo al verte marchar. Tengo la sensación de que me ahogo todo el tiempo, de que no puedo respirar. Me levanto todas las mañanas y lo primero que hago es buscarte, echarte de menos. Y entonces me acuerdo de que ya no estás, de que estás aquí.

—¿Me estás diciendo…? ¿Estás intentando decirme que me amas? —le preguntó ella, esperanzada.

—No sé nada del amor —admitió él—. Lo que te estoy diciendo es que eres mi vida. Que, sin ti, vivir es insoportable. Quiero verte cuando despierto por las mañanas y abrazarte con fuerza por las noches. Te estoy diciendo que, aunque Raf no existiese, te desearía. Quiero abrazarte y hacerte mía durante el resto de mi vida. Si me perdonas, conseguiré que tú también me vuelvas a amar.

—Gabe… ¿estás seguro de que podrás confiar en mí después de lo que te hice?

—Sí, confío en ti y no puedo vivir sin ti.

Ella se puso a llorar y cerró los ojos.

—Haces que me sienta vivo por primera vez en muchos años. Me he dado cuenta de que me enamoré de ti nada más verte, de que he estado esperándote toda la vida. Fui un idiota al intentar apartarte de mi vida, pero me he dado cuenta de que quiero estar contigo. Y querría estar contigo aunque no tuviésemos a Raf. Quiero que te cases conmigo y que pases el resto de tu vida a mi lado.

–¿Podemos volver a casa? –sollozó ella.

–¿A casa? –le preguntó él–. ¿Y cuál es nuestra casa?

–El castillo, evidentemente.

Él sonrió.

–Por supuesto que sí, *mi amore*.

Epílogo

RAF –gritó una voz de niña.

Y Abby se giró a mirar a Ivy, la hija adoptiva de Noah, que reía mientras Raf intentaba agarrarla del pelo.

Ella se dirigió hacia los dos niños y se agachó a su lado.

–No hagas eso, Rafael. La mamá de Ivy ha tardado mucho en hacerle esas trenzas. ¿Dónde está tu ramo de flores, Ivy?

–¡Lo tengo yo! –gritó Holly desde la puerta, sonriendo.

Holly estaba radiante y no era solo por el embarazo. Abby la conocía desde hacía casi un año y siempre la había visto así. Era una mujer cariñosa y buena y se habían hecho amigas desde el primer día.

Y como Inglaterra e Italia estaban relativamente cerca, ambas familias se veían con frecuencia.

Abby se giró delante del espejo y estudió su vestido de novia. Era el mismo que Gabe le había regalado dos años antes, aquella mañana de Navidad tan nevada y mágica como esa. Aunque en aquellos momentos se sentía mucho más segura de sí misma y de su futuro.

Después de tanto tiempo sola, por fin tenía una familia, a Raf y a Gabe, a Noah, a Holly y a Ivy. Y a toda la familia de Holly también.

–Tu padre está fuera –le dijo Holly–. Y el novio me ha pedido que te dé esto.

Abby tomó la caja y la abrió con manos temblorosas al pensar en su padre.

Que hubiese viajado a Italia ya era todo un logro, y lo había conseguido Gabe. Era el motivo por el que habían esperado dos años a casarse.

–¿Qué hay en la caja, Abby? –preguntó Ivy, que seguía a su lado.

–Vamos a verlo –respondió ella, abriéndola y notando que los ojos se le llenaban de lágrimas al ver el adorno navideño de cristal–. Es una tradición.

–Si lloras se te va a estropear el maquillaje –la reprendió Holly riendo–. Venga, venid las dos.

Salieron de la habitación y Abby se encontró con su padre.

–Estás… –empezó él–. Te pareces tanto a ella.

Abby lo agarró del brazo y fueron hacia las escaleras, pero antes de llegar a ellas su padre se detuvo y la miró.

–Sé que no soy un buen padre –le dijo–. Después de la muerte de tu madre, me volqué en el trabajo, y ahora me doy cuenta de que no te conozco.

Abby suspiró.

–Hay tiempo para eso, papá. Nos volveremos a conocer.

A él le brillaron los ojos.

–No me lo merezco –respondió.

Bajaron las escaleras juntos hacia el recibidor, que estaba decorado con un enorme árbol de Navidad. Y allí estaba también Gabe, alto y guapo, vestido de esmoquin.

Abby sonrió al verlo, con Noah al lado. Y este le susurró algo al oído.

Después, durante la fiesta, Abby le preguntó a su marido qué le había dicho su mejor amigo.

—Que hemos conseguido superar nuestra niñez —le explicó él.

Gabe y Abby miraron hacia donde estaban sus amigos, bailando juntos.

—Holly está radiante —murmuró Abby—. Y un hermano mantendrá a Ivy entretenida.

—Y así dejará tranquilo a Raf —comentó Gabe riendo.

—Va a ser una buena hermana mayor —comentó Abby pensativa.

—Es cierto.

—¿Y Raf? ¿Piensas que será un buen hermano mayor?

—Sin duda. ¿Te gustaría tener otro bebé?

—Sí. De hecho…

Gabe la miró con sorpresa.

—¿Estás embaraza?

—Sí. De doce semanas. Quería que fuese tu regalo de Navidad.

Gabe se echó a reír, pero enseguida se puso serio.

—Esta vez voy a estar a tu lado, Abby. Voy a estar a tu lado durante el embarazo y todas las navidades de tu vida.

Ella sonrió y cerró los ojos un instante. Cuando los abrió, Gabe seguía allí y sus amigos también. Todo el mundo estaba feliz.

Fuera había empezado a nevar. Eran unas navidades perfectas.

Bianca

Era solo un acuerdo conveniente...
hasta que él se dio cuenta de
que la quería para siempre

UNA
RECONCILIACIÓN
TEMPORAL

Dani Collins

Habían contraído matrimonio en secreto, y los dos habían terminado con el corazón destrozado. Travis no quería volver a verla
jamás. Pero, cuando Imogen se desmayó sobre una gélida acera
cubierta de nieve en Nueva York, ¡el millonario Travis acudió al
rescate delante de todo el mundo! Para evitar un escándalo me-
diático, acordaron fingir una reconciliación temporal que durase,
al menos, hasta Navidad. Pero la pasión intensa que despertaba
el uno en el otro seguía ardiendo, y Travis acabó sintiendo la
tentación de reclamar a su esposa... ¡para siempre!

DESEO

Cuando la meta era la seducción,
no valía cualquier juego

Un juego peligroso

ANNA DePALO

Irresistible era la palabra que definía a Jordan Serenghetti, la estrella del hockey. Pero Sera Perini, su fisioterapeuta, debía resistirse a los encantos de Jordan. Tenía buenas razones para ello: su relación de parentesco, su ética profesional y un beso que aquel atleta escandalosamente rico ni siquiera recordaba haberle dado. Si cedía a la tentación, ¿volvería Jordan a sus hábitos de mujeriego o la sorprendería con una jugada completamente nueva e inesperada?

Bianca

Un tórrido encuentro en el calor caribeño la dejó embarazada de su jefe...

PASIÓN EN LA HABANA

Louise Fuller

El ardor de la vibrante ciudad de la Habana debía de ser contagioso. ¿Por qué si no sucumbió Kitty al repentino deseo de disfrutar de una noche con un desconocido? Sin embargo, por muy escandaloso que fuera descubrir que César era su poderoso y reservado jefe, no fue nada comparado con la otra sorpresa que esperaba a Kitty: se había quedado embarazada.